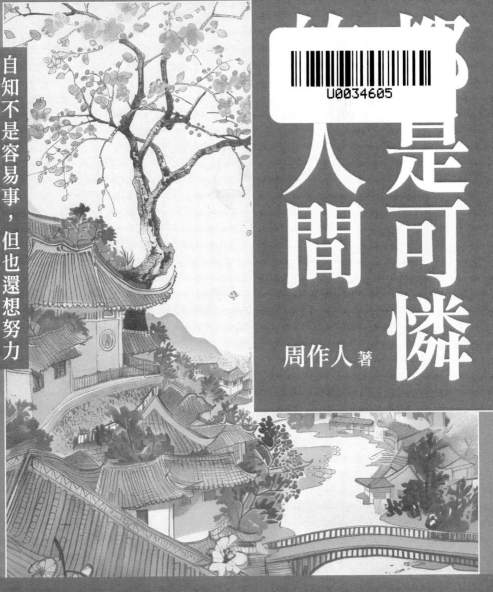

也是可憐人間

自知不是容易事，但也還想努力

周作人 著

日常的悲劇，平凡的偉大

花明年會開的，春天明年也會再來，不妨等明年再看

在這被容許的時光中，就這平凡的境地中
尋得些許的安閒悅樂，即是無上幸福

目錄

目錄

第三部分　日常的悲劇，平凡的偉大

第四部分　自知不是容易事，但也還想努力

目錄

編後記

本書代序　採訪周作人

井上紅梅　著

董炳月　譯

　　周作人乃魯迅之弟，西元 1885 年生於浙江紹興。曾就讀於南京水師學堂 [01]，後被作為建築學研修生派來日本留學。明治三十八年到東京 [02]，改變目的轉入法政大學，後來從事文學研究。明治四十四年因辛亥 ×× [03] 回國，在浙江擔任視學一年，執教紹興中學四年，大正六年 [04] 入北京大學國史編纂處，不久被聘為同校教授，並一度擔任燕京大學教授。後來在北京大學設立外國文學科，講授日本文學，致力於中國新文學建設的指導，以至於今。有《域外小說集》（外國文學讀本，*Foreign Famous Stories*）、《過去的生命》（詩集）、《看雲集》（隨筆集）等著作。大正八年曾經來東京，這次是相隔十六年的訪日。

---

[01]　即南京的江南水師學堂。

[02]　明治三十八年為 1905 年。這裡的記述不確。周作人去日本是明治三十九年（1906）。

[03]　原文如此。忌「革命」一詞，可見井上紅梅的心態與當時日本的政治環境。明治四十四年為 1911 年。

[04]　大正六年即 1917 年。

本書代序　採訪周作人

問：您這次是為什麼來日本？

答：我在北京大學外國文學科（英、德、法、日文學）講授日本文學，很久沒來日本了，這次是利用暑假來蒐集資料。

問：日本文學的課程是怎樣劃分的？

答：從現代日語回溯到《萬葉集》[05]。《萬葉集》每週兩堂課時，一年講完，所以只能講個大概。講授這門課的是這次一起來日本的徐祖正先生[06]。

問：《萬葉集》與苗族的山歌等等好像有類似之處。您怎麼看？

答：是嗎？這個問題我不太清楚。不過，《萬葉集》與《詩經》倒是有類似之處。在率真地表達感情這方面，古人的共通點很多吧。

問：據說日語中的「漢音」是一種特殊的東西。先生對此有何高見？

答：有人說日語中保留著許多唐代的發音，對於唐音研究頗有參考價值。學習日語最初兩年會覺得很容易，但越是深入就越難。法語、德語倒是讓人覺得簡單。

---

[05]　《萬葉集》為日本最早的詩歌總集。共二十卷，收錄四世紀至八世紀詩歌四千五百多首。

[06]　徐祖正（1895－1978），即徐耀辰。早年留學日本，1922年歸國，執教於北京高等師範學校，與周氏兄弟關係密切。為語絲社成員，和周作人一樣鍾情於武者小路實篤的作品。

問：中國有沒有和謠曲、能樂[07]類似的東西？

答：崑曲很相似，但崑曲是近代的東西。

問：崑曲裡也有佛教的厭世思想嗎？

答：崑曲是雖然也有《思凡》、《白蛇傳》等吸收了佛教思想的作品，但大部分還是有所不同。這或許是因為受到了道教的現世思想的浸染。

問：現代日語的教材是哪些作品？

答：基本是明治文學。大部分尚未被譯成漢語。例如幸田露伴、夏目漱石、高濱虛子、田山花袋、志賀直哉、佐藤春夫、長塚節等等。長塚節先生的《土》等作品很受學生歡迎。

問：被翻譯成中文的一般是什麼樣的作品？

答：最初武者小路實篤先生[08]的作品頗受歡迎。那是因為五四運動時期有很多人對托爾斯泰（Tolstoy）的人道主義產生共鳴。文學理論方面，當時也是托爾斯泰的文學理論受重視。島崎藤村、國木田獨步、芥川龍之介、有島武郎等人的作品也有翻譯。菊池寬的作品被翻譯過去的都是通俗小說，其中包括

---

[07]　能樂，日本古典歌舞劇，追求嚴謹的藝術性。鎌倉時代（1190 － 1330）後期形成，十四世紀之後得到較大發展，延續至今。現在主要有五大流派：觀世，寶生，金春，金剛，喜多。

[08]　武者小路實篤（1885 － 1976），日本大正時期的代表作家，白樺派領袖，日本新村運動創始人。五四時期與周作人關係密切。此次周作人訪日，他專門在東京的新村堂為周舉辦歡迎會。

《再與我接個吻吧》等等。現在左派正在大量翻譯普羅文學[09]，例如林房雄、小林多喜二、藤森成吉、德永直等人的作品。

問：尾崎紅葉、泉鏡花、永井荷風、谷崎潤一郎等，您覺得這類作家的作品怎麼樣？

答：不受歡迎。

問：我覺得純粹日本風格的東西在中國並不受歡迎，中國歡迎的是外國化了的日本。是這樣嗎？

答：也許是那樣。因為到目前為止還沒有精通日語的人，讀不懂。

問：先生的《域外小說集》開了介紹外國文學的先河。據說那時候還沒有白話體，是使用古文忠實地進行翻譯。

答：是的。那是明治四十二、三年和家兄一起翻譯的。第一集印了五百本，結果只賣出去十本，實在可憐。出乎意料的是現在反而暢銷。現在那本書由上海的群益書社出版了第一集和第二集。

問：在那之前林琴南大量翻譯了外國小說。據說那是一種特殊的東西，稱之為「改寫」也未嘗不可。

答：確實如此。我們並非沒有受過林琴南的影響，但是，

---

[09]　普羅文學即無產階級革命文學。「普羅」是從英語的「無產者」(Proletariat) 變為日語，縮寫後又音譯為漢語。

從比他的古文更古的章炳麟的古文中接受的東西多。不過，我們是打算在盡量不違背原意的前提下下功夫翻譯。

問：被收錄的是哪些作家？

答：王爾德（Wilde）、莫泊桑（Maupassant）、愛倫・坡（Allan Poe）、安德列耶夫（Andreyev）、顯克微支（Sienkiewicz）等。

問：據說中國的歐美文學研究者如果不學日語的話，翻譯的時候在表達上就會遇到困難。實際情形是那樣嗎？

答：外國文學作品都是直接從原文翻譯。中國沒有新詞彙，所以從日語中借用。不懂日語的人也到《德日辭典》中去找詞彙。不過那不稱「日語」，而是稱「新成語」。但是，俄語著作的翻譯幾乎全部以日語譯文為依據。左派作家中留學日本的多，討論熱烈，知識豐富，但其理論並不能與創作實踐統一起來。

問：關於魯迅的文學理論和文學創作，您怎麼看？

答：家兄加入左翼作家聯盟之後，在文學理論研究方面下了很大功夫，但是，創作方面基本上沒有拿出什麼東西。太注重理論，對作品的要求也就更加嚴格，小說之類也就寫不出來了。

問：關於最近的魯迅，您怎麼看呢？

本書代序　採訪周作人

答：是的。在《文學》上讀到了他的〈我的種痘〉[10]。和《吶喊》、《徬徨》時代相比，風格基本上沒有變化。魯迅的小說揭露了舊社會的痼疾，展示了中世紀的社會形態在新文化衝擊下急遽變化、統治者和被統治者同樣在半信半疑中徘徊的景象。這一點好像是最受一般人歡迎的。

問：不過，實際上，魯迅小說耐人尋味的地方是對舊社會作富於同情的描寫，在揭露社會痼疾的同時對社會懷有深切的關懷。我覺得，也許正是因為如此，他才沒有流於其他作家的乾癟與枯燥，而能寫出藝術蘊含豐富的作品。您以為如何？

答：是的，也有人試圖把文藝作為政治運動和民族運動的手段來使用。

問：郁達夫的《遲桂花》等作品即日本所謂「心境小說」，您覺得那類東西怎麼樣？

答：受到了左派大規模的批判和貶損。總之，撞上左派的槍口誰都不是對手。在日本，經過明治、大正，各種外國文學都被消化過了，但是在中國，是一抬腳就飛向普羅文學。什麼前提、根據都不要，只有「革命」是他們關心的。

問：德田秋聲、宇野浩二的作品，中國有翻譯嗎？

---

[10]　魯迅此文發表於 1933 年 8 月 1 日上海《文學》月刊第 1 卷第 2 號。收入《集外集拾遺補編》。

答：宇野浩二的情況不清楚。德田秋聲的作品連一篇都沒有被翻譯。

問：橫光利一的作品也有了翻譯。去年在《文學》上刊載的〈拿破崙與金錢癖〉似乎是橫光作品中最初被翻譯為中文的。

答：好像是 [11]。那種作品翻譯起來很困難。

問：通俗小說是怎樣的東西？

答：有討論，但作品還沒有出現。中國的章回小說裡有一種特殊的型態，隨便虛構一個人物使故事繼續下去，即所謂「連續小說」。也許可以算作通俗小說吧。那也被政治或者訓導所利用。

問：據說上海的一位名叫張恨水的作家寫了很多。

答：是的。藝術價值低，但很受大眾歡迎。而且，那種作品的暢銷構成了一個矛盾。一般說來，以革命為題材、以貧民為朋友的作品是受歡迎的。不過，左派對他的作品不滿意，說他的作品裡只有黑暗，沒有光明。

問：據說您的弟子中在文壇嶄露頭角的很多。

答：不，沒有那種事。來學校聽我講課的人很多，但關係密切的只有兩三位。俞平伯現有擔任清華大學教授，他是俞曲

---

[11]　該表述不確。在《拿破崙與金錢癖》之前，橫光利一的作品中有的已被譯為中文。參閱陶明志編《周作人傳》所收黃源譯文的說明。

本書代序　採訪周作人

圜的曾孫，在中國文學研究方面自成一家，他經常寫些評論。作家裡有馮文炳和冰心女士。馮文炳筆名「廢名」，現在擔任北京大學英文科教授。他的《桃園》、《棗》、《橋》（上卷）以及《莫須有先生傳》等作品已經由上海開明書店出版。前三本書中的作品與鈴木三重吉的風格類似。《莫須有先生傳》是一種特殊的作品，受到莊子的文章和李義山詩的影響，大量吸收了中國固有的思想。象徵手法的運用甚至會使讀者在最初閱讀的時候不易理解，但我覺得那種作品很好。社會改革家們如果把過去的、傳統的東西徹底破壞，「中國」這種特色也就消失了。

問：這次來日本，有沒有什麼特別引起您注意的事情？

答：丸之內 [12] 的變化讓我吃驚。還有交通事業的發達。

問：日本飯菜合先生的口味嗎？

答：沒問題，日本的東西我什麼都喜歡。

—— 譯自改造社《文藝》1934 年 9 月第 2 卷第 9 號

譯者附記 ⋯⋯⋯⋯⋯⋯⋯⋯⋯⋯⋯⋯⋯⋯⋯⋯⋯⋯⋯⋯

1934 年暑假，周作人攜妻羽太信子往東京。7 月 11 日離開北京到天津，乘大阪商船長城丸出發，14 日上午到門司，15 日到東京，停留約一個半月，8 月 28 日離東京，30 日自門

---

[12]　東京大手町、皇居外苑一帶的繁華區被稱作「丸之內」。

司乘船離開日本回國。此間的日記中關於井上紅梅的記載有兩處：7月28日寫下：「下午井上紅梅君來訪」；8月4日寫下：「上午改造社鈴木來，入浴，與耀辰往訪阪西君，午返，井上紅梅又來未見，下午一時與信子、耀辰往淺草觀音一參」。顯然，上面這篇訪談是7月28日二人見面的結果。一週後「又來未見」，可見周作人對井上紅梅並不那麼熱情。

井上紅梅，生卒年未詳，一說為明治十四至昭和二十四年（西元1881－1949年）。大正二年（1913年）到上海漫遊，著有《支那風俗》三卷，被稱為「支那通」。昭和十一至十二年（1936－1937年）參加改造社七卷本《大魯迅全集》的翻譯工作。在《改造》、《文藝》等雜誌上發表過介紹中國社會與文化的文字。

上面這篇訪談發表之後，黃源先生立即作了節譯，譯文收入陶明志所編《周作人論》。筆者查閱了日文原文後，發現黃源先生譯出的部分只相當於原文的三分之一，所以這裡將全文譯出，以供國內學者參考。為照顧譯文風格的統一，這裡將黃源先生譯過的部分作了重譯。文中周作人對於日語及包括魯迅在內的中國左翼作家等的認識與評價，均值得注意。

（1998年夏記於東京）

本書代序　採訪周作人

第一部分
幸得生而為人

自己所能做的

　　自己所能做的是什麼？這句話首先應當問，可是不大容易回答。飯是人人能吃的，但是像我這一頓只吃一碗的，恐怕這就很難承認自己是能吧。以此類推，許多事都尚待理會，一時未便畫供。這裡所說的自然只限於文事，平常有時還思量過，或者較為容易說，雖然這能也無非是主觀的，只是想能而已。我自己想做的工作是寫筆記。清初梁清遠著《雕丘雜錄》卷八有一則云：

　　余嘗言，士人至今日凡作詩作文俱不能出古人範圍，即有所見，自謂創穫，而不知已為古人所已言矣。唯隨時記事，或考論前人言行得失，有益於世道人心者，筆之於冊，如《輟耕錄》、《鶴林玉露》之類，庶不至虛其所學，然人又多以說家雜家目之。嗟乎，果有益於世道人心，即說家雜家何不可也。

　　又卷十二云：

　　余嘗論文章無裨於世道人心即卷如牛腰何益，且今人文理粗通少知運筆者，即各成文集數卷，究之只堪覆瓿耳，孰過而問焉。若人自成一說家如雜抄隨筆之類，或記一時之異聞，或抒一己之獨見，小而技藝之精，大而政治之要，罔不敘述，令觀者發其聰明，廣其聞見，豈不足傳世翼教乎哉？

　　不佞是雜家而非說家，對於梁君的意見很是贊同，卻亦有

差異的地方。我不喜掌故，故不敘政治，不信鬼怪，故不記異聞，不作史論，故不評古人行為得失。餘下來的一件事便是涉獵前人言論，加以辨別，披沙揀金，磨杵成針，雖勞而無功，於世道人心卻當有益，亦是值得做的工作。

中國民族的思想傳統本來並不算壞，他沒有宗教的狂信與權威，道儒法三家只是愛智者之分派，他們的意思我們也都很能了解。道家是消極的徹底，他們世故很深，覺得世事無可為，人生多憂患，便退下來願以不才終天年，法家則積極的徹底，治天下不難，只消道之以政，齊之以刑，就可達到統一的目的。儒家是站在這中間的，陶淵明〈飲酒〉詩中云：「汲汲魯中叟，彌縫使其淳，鳳鳥雖不至，禮樂暫得新。」

這彌縫二字實在說得極好，別無褒貶的意味，卻把孔氏之儒的精神全表白出來了。佛教是外來的，其宗教部分如輪迴觀念以及玄學部分我都不懂，但其小乘的戒律之精嚴，菩薩的誓願之弘大，加到中國思想裡來，很有一種補劑的功用。

不過後來出了流弊，儒家成了士大夫，專想升官發財，逢君虐民，道家合於方士，去弄燒丹拜斗等勾當，再一轉變而道士與和尚均以法事為業，儒生亦信奉《太上感應篇》矣。這樣一來，幾乎成了一篇糊塗帳，後世的許多罪惡差不多都由此支持下來，除了抽雅片這件事在外。這些雜糅的東西一小部分記錄在書本子上，大部分都保留在各人的腦袋瓜兒裡，以及社會

百般事物上面，我們對他不能有什麼有效的處置，至少也總當想法偵察他一番，分別加以批判。

希臘古哲有言曰：「要知道你自己。」我們凡人雖於愛智之道無能為役，但既幸得生而為人，於此一事總不可不勉耳。

這是一件難事情，我怎麼敢來動手呢？當初原是不敢，也就是那麼逼成的，好像是「八道行成」裡的大子，各處徬徨之後，往往走到牛角裡去。三十年前不佞好談文學，彷彿是很懂得文學似的，此外關於有好許多事也都要亂談，及今思之，腋下汗出。

後乃悔悟，詳加檢討，凡所不能自信的事不敢再談，實行孔子不知為不知的教訓，文學鋪之類遂關門了，但是別的店呢？孔子又云：「知之為知之。」到底還有什麼是知的呢？沒有固然也並不妨，不過一樣一樣的減掉之後，就是這樣的減完了，這在我們凡人大約是不很容易做到的，所以結果總如碟子裡留著的最後一個點心，讓他多少要多留一會兒。我們不能乾脆的畫一個雞蛋，滿意而去，所以在關了鋪門的路旁仍不免要去擺一小攤，算是還有點貨色，還在做生意。

文學是專門學問，實是不知道，自己所覺得略略知道的只有普通知識，即是中學程度的國文、歷史、生理和博物，此外還有數十年中從書本和經歷得來的一點知識。這些實在凌亂得

很，不新不舊，也新也舊，用一句土話來說，這種知識是叫做
「三腳貓」的。三腳貓原是不成氣候的東西，在我這裡卻又正有
用處。貓都是四條腿的，有三腳的倒反而希奇了，有如瀏海氏
的三腳蟾，便有描進畫裡去的資格了。

　　全舊的只知道過去，將來的人當然是全新的，對於舊的過
去或者全然不顧，或者聽了一點就大悅，半新半舊的三腳貓卻
有他的便利，有點像革命運動時代的老新黨，他比革命成功後
的青年有時更要急進，對於舊勢力舊思想很不寬容，因為他更
知道這裡面的辛苦。我因此覺得也不敢自菲薄，自己相信關於
這些事情不無一日之長，願意盡我的力量，有所供獻於社會。

　　我不懂文學，但知道文章的好壞，不懂哲學、玄學，但知
道思想的健全與否。我談文章，係根據自己寫及讀國文所得的
經驗，以文情並茂為貴。談思想，係根據生物學、文化人類
學、道德史、性的心理等的知識，考察儒釋道法各家的意思，
參酌而定，以情理併合為上。我的理想只是中庸，這似乎是
平凡的東西，然而並不一定容易遇見，所以總覺得可稱揚的太
少，一面固似抱殘守缺，一面又像偏喜訶佛罵祖，誠不得已
也。不佞蓋是少信的人，在現今信仰的時代有點不大抓得住時
代，未免不很合式，但因此也正是必要的，語曰：「良藥苦口
利於病，是也。」

　　不佞從前談文章謂有言志、載道兩派，而以言志為是。或

疑詩言志，文以載道，二者本以詩文分，我所說有點不清楚，又或疑志與道並無若何殊異，今我又屢言文之有益於世道人心，似乎這裡的糾紛更是明白了。這所疑的固然是事出有因，可是說清楚了當然是查無實據。我當時用這兩個名稱的時候的確有一種主觀，不曾說得明瞭，我的意思以為言志是代表《詩經》的，這所謂志即是詩人各自的情感，而載道是代表唐宋文的，這所謂道乃是八大家共通的教義，所以二者是絕不相同的。

現在如覺得有點不清楚，不妨加以說明云：「凡載自己之道者即是言志，言他人之志者亦是載道。」我寫文章無論外行人看如何幽默不正經，都自有我的道在裡面，不過這道並無祖師，沒有正統，不會吃人，只是若大路然，可以走，而不走也由你的。我不懂得為藝術的藝術，原來是不輕看功利的，雖然我也喜歡明其道不計其功的話，不過講到底這道還就是一條路，總要是可以走的才行。於世道人心有益，自然是件好事，我哪裡有反對的道理，只恐怕世間的是非未必盡與我相同，如果所說發其聰明，廣其聞見，原是不錯，但若必以江希張為傳世而葉德輝為翼教，則非不侫之所知矣。

一個人生下到世間來不知道是偶然的還是必然的，但是無論如何，在生下來以後那總是必然的了。凡是中國人不管先天、後天上有何差別，反正在這民族的大範圍內沒法跳得出，

固然不必怨艾，也並無可驕誇，還須得清醒切實的做下去。

　　國家有許多事我們固然不會也實在是管不著，那麼至少關於我們的思想文章的傳統可以稍加注意，說不上研究，就是辨別批評一下也好，這不但是對於後人的義務，也是自己所有的權利，蓋我們生在此地此時實是一種難得的機會，自有其特殊的便宜，雖然自然也就有其損失，我們不可不善自利用，庶不至虛負此生，亦並對得起祖宗與子孫也。語曰：「秀才人情紙半張。」又曰：「千里送鵝毛，物輕情意重。」如有力量，立功固所願，但現在所能止此，只好送一張紙，大家莫嫌微薄，自己卻也在警戒，所寫不要變成一篇壽文之流才好耳。

　　　　　　　　　　　　廿六年四月廿四日，在北京書

夢想之一

　　鄙人平常寫些小文章，有朋友辦刊物的時候也就常被叫去幫忙，這本來是應該出力的。可是寫文章這件事，正如俗語所說是難似易的，寫得出來固然是容容易易，寫不出時卻實在也是煩煩難難。《笑倒》中有一篇笑話云：

　　一士人赴試作文，艱於構思。其僕往候於試門，見納卷而出者紛紛矣，日且暮，甲僕問乙僕曰，不知作文章一篇約有多少字。乙僕曰，想來不過五六百字。甲僕曰，五六百字難道胸中沒有，到此時尚未出來。乙僕慰之曰，你勿心焦，渠五六百字雖在肚裡，只是一時湊不起耳。

　　這裡所說的湊不起實在也不一定是笑話，文字湊不起是其一，意思湊不起是其二。其一對於士人很是一種挖苦，若是其二則普通常常有之，我自己也屢次感到，有交不出卷子之苦。

　　這裡又可以分作兩種情形，甲是所寫的文章裡的意思本身安排不好，乙是有著種種的意思，而所寫的文章有一種對象或性質上的限制，不能安排的恰好。有如我平時隨意寫作，並無一定的對象，只是用心把我想說的意思寫成文字，意思是誠實的，文字也還通達，在我這邊的事就算完了，看的是些男女老幼，或是看了喜歡不喜歡，我都可以不管。

　　若是預定要給老年或是女人看的，那麼這就沒有這樣簡單，至少是有了對象的限制，我們總不能說的太是文不對題，雖然也不必要揣摩討好，卻是不能沒有什麼顧忌。我常想要修小乘的阿羅漢果並不大難，難的是學大乘菩薩，不但是誓願眾生無邊度，便是應以長者、居士、宰官、婆羅門婦女身得度者即現婦女身而為說法這一節，也就迥不能及，只好心嚮往之而已。這回寫文章便深感到這種困難，躊躇好久，覺得不能再拖延了，才勉強湊合從平時想過的意思中間挑了一個，略為敷陳，聊以塞責，其不會寫得好那是當然的了。

　　在不久以前曾寫小文，說起現代中國心理建設很是切要，這有兩個要點，一是倫理之自然化，一是道義之事功化。現在這裡所想說明幾句的就是這第一點。我在〈蜻蛉與螢火〉一文中說過：

　　中國人拙於觀察自然，往往喜歡去把他和人事連線在一起。最顯著的例，第一是儒教化，如烏反哺，羔羊跪乳，或梟食母，都一一加以倫理的附會。第二是道教化，如桑蟲化為果蠃，腐草化為螢，這恰似仙人變形，與六道輪迴又自不同。

　　說起來真是奇怪，中國人似乎對於自然沒有什麼興趣，近日聽幾位有經驗的中學國文教師說，學生對於這類教材不感興趣，這無疑的確是事實，雖然不能明白其原因何在。我個人卻很看重所謂自然研究，覺得不但這本身的事情很有意思，而且

動植物的生活狀態也就是人生的基本，關於這方面有了充分的常識，則對於人生的意義與其途徑，自能更明確的了解認識。平常我很不滿意於從來的學者與思想家，因為他們於此太是怠惰了，若是現代人尤其是青年，當然責望要更為深切一點。我只看見孫仲容先生，在《籀廎述林》的一篇〈與友人論動物學書〉中，有好些很是明達的話，如云：

> 動物之學為博物之一科，中國古無傳書。《爾雅》蟲、魚、鳥、獸、畜五篇唯釋名物，罕詳體性。《毛詩》、《陸疏》旨在詁經，遺略實眾。陸佃、鄭樵之倫，摭拾浮淺，同諸自鄶。……至古鳥、獸、蟲、魚種類今既多絕滅，古籍所紀尤疏略，非徒《山海經》、《周書·王會》所說珍禽異獸荒遠難信，即《爾雅》所云比肩民、比翼鳥之等咸不為典要，而《詩》、《禮》所云螟蛉、蜾蠃，腐草為螢，以逮鷹、鳩、爵、蛤之變化，稽核物性亦殊為疏闊。……今動物學書說諸蟲獸，有足者無多少皆以偶數，絕無三足者，《爾雅》有鱉三足能，龜三足賁，殆皆傳之失實矣。……中土所傳云龍、風虎休徵瑞應，則揆之科學萬不能通，今日物理既大明，固不必曲徇古人耳。

這裡假如當作現代的常識看去，那原是極普通的當然的話，但孫先生如健在該是九十七歲了，卻能如此說，正是極可佩服的事。現今已是民國甲申，民國的青年比孫先生至少要更年輕六十年以上，大部分也都經過高小中學出來，希望關於博

物或生物也有他那樣的知識，完全理解上邊所引的話，那麼這便已有了五分光，因為既不相信腐草為螢那一類疏闊的傳說，也就同樣的可以明瞭，羔羊非跪下不能飲乳（羊是否以跪為敬，自是別一問題），烏鴉無家庭，無從反哺，凡自然界之教訓化的故事其原意雖亦可體諒，但其並非事實也明白的可以知道了。我說五分光，因為還有五分，這便是反面的一節，即是上文所提的倫理之自然化也。

我很喜歡《孟子》裡的一句話，即是：「人之所以異於禽獸者幾希。」這一句話向來也為道學家們所傳道，可是解說截不相同。他們以為人禽之辨只在一點兒上，但是二者之間距離極遠，人若逾此一線墮入禽界，有如從三十三天落到十八層地獄，這才真的叫遠。我也承認人禽之辨只在一點兒上，不過二者之間距離卻很近，彷彿是窗戶裡外只隔著一張紙，實在乃是近似遠也。我最喜歡焦理堂先生的一節，屢經引用，其文云：

先君子嘗曰，人生不過飲食男女，非飲食無以生，非男女無以生生。唯我欲生，人亦欲生，我欲生生，人亦欲生生，孟子好貨好色之說盡之矣。不必屏去我之所生，我之所生生，但不可忘人之所生，人之所生生。循學《易》三十年，乃知先人此言聖人不易。

我曾加以說明云：

　　飲食以求個體之生存，男女以求種族之生存，這本是一切生物的本能，進化論者所謂求生意志，人也是生物，所以這本能自然也是有的。不過一般生物的求生是單純的，只要能生存便不顧手段，只要自己能生存，便不惜危害別個的生存，人則不然，他與生物同樣的要求生存，但最初覺得單獨不能達到目的，須與別個連繫，互相扶助，才能好好的生存，隨後又感到別人也與自己同樣的有好惡，設法圓滿的相處。前者是生存的方法，動物中也有能夠做到的，後者乃是人所獨有的生存的道德，古人云人之所以異於禽獸者幾希，蓋即此也。

　　這人類的生存道德之基本在中國即謂之仁，己之外有人，己亦在人中，儒與墨的思想差不多就包含在這裡，平易健全，為其最大特色，雖云人類所獨有，而實未嘗與生物的意志斷離，卻正是其崇高的生長，有如荷花從蓮根出，透過水面的一線，開出美麗的花，古人稱其出淤泥而不染，殆是最好的讚語也。

　　人類的生存道德，既然本是生物本能的崇高化或美化，我們當然不能再退縮回去，復歸於禽道，但是同樣的我們也須留意，不可太爬高走遠，以至與自然違反。

　　古人雖然直覺的建立了這些健全的生存道德，但因當時社會與時代的限制，後人的誤解與利用種種原因，無意或有意的發生變化，與現代多有齟齬的地方，這樣便會對於社會不但無

益且將有害。比較籠統的說一句，大概其緣因出於與自然多有違反之故。人類棄絕強食弱肉，雌雄雜居之類的禽道，固是絕好的事，但以前憑了君父之名也做出好些壞事，如宗教戰爭，思想文字獄，人身賣買，宰白鴨與賣淫等，也都是生物界所未有的，可以說是落到禽道以下去了。

我們沒有力量來改正道德，可是不可沒有正當的認識與判斷，我們應當根據了生物學、人類學與文化史的知識，對於這類事情隨時加以檢討，務要使得我們道德的理論與實際都保持水線上的位置，既不可不及，也不可過而反於自然，以致再落到淤泥下去。

這種運動不是短時期與少數人可以做得成的，何況現在又在亂世，但是俗語說得好：「人落在水裡的時候第一是救出自己要緊。」現在的中國人，特別是青年最要緊的也是第一救出自己來，得救的人多起來了，隨後就有救別人的可能。這是我現今僅存的一點夢想，至今還亂寫文章，也即是為此夢想所眩惑也。

民國甲申立春節

俞理初的詼諧

俞理初著《癸巳存稿》卷四有〈女〉一篇云：

《白虎通》云，女，如也，從如人也。《釋名》云，女，如也，青徐州曰娪。娪，忤也，始生時人意不喜，忤忤然也。《史記‧外戚世家》，褚先生云，武帝時天下歌曰，生男勿喜，生女勿怒。《太平廣記》、《長恨歌傳》云，天寶時人歌曰，生男勿喜歡，生女勿悲酸。則忤忤然怒而悲酸，人之常矣。《玉臺新詠》，傅玄〈苦相篇〉云，苦相身為女，卑陋難再陳。男兒當門戶，墮地自生神，雄心志四海，萬里望風塵。女育無欣愛，不為家所珍，長大逃深室，藏頭羞見人。垂淚適他鄉，忽如雨絕雲。低頭和顏色，素齒結朱脣，跪拜無複數，婢妾如嚴賓。情合約雲漢，葵藿仰陽春。心乖甚水火，百惡集其身。玉顏隨年變，丈夫多好新，昔為形與影，今為胡與秦。胡秦時一見，一絕逾參辰。此諺所謂姑惡千辛，夫嫌萬苦者也。《後漢書‧曹世叔妻傳》云，女憲曰，得意一人是謂永畢，失意一人是謂永訖，亦貴乎遇人之淑也。白居易〈婦人苦〉詩云，婦人一喪夫，終身守孤子，有如林中竹，忽被風吹折，一折不重生，枯死猶抱節。男兒若喪婦，能不暫傷情，應似門前柳，逢春易發榮，風吹一枝折，還有一枝生。為君委曲言，願君再三聽，須知婦人苦，從此莫相輕。其言尤藹然。《莊子‧天道篇》云，堯告舜曰，吾不敖無告，不廢窮民，苦死者，嘉孺子而哀

婦人，此吾所以用心已。《書‧梓材》，成王謂康叔，至於敬寡，至於屬婦，合由以容。此聖人言也。《天方典禮》引謨罕墨特云，妻暨僕，民之二弱也，衣之食之，勿命以所不能。蓋持世之人未有不計及此者。

俞君不是文人，但是我讀了上文，覺得這在意思及文章上都很完善，實在是一篇上乘的文字，我雖然想學寫文章，至今還不能寫出能像這樣的一篇來，自己覺得慚愧，卻也受到一種激勵。

近來無事可為，重閱所收的清朝筆記，這一個月中間差不多檢查了二十幾種共四百餘卷，結果才簽出二百三十條，大約平均兩卷裡取一條的比例。但是更使我覺得奇異的是，筆記的好材料，即是說根據我的常識與趣味的二重標準認為中選的，多不出於有名的文人學士的著述之中，卻都在那些恓恓無華的學究們的書裡，如俞理初的《癸巳存稿》，郝蘭皋的《晒書堂筆錄》是也。

講到學問與詩文，清初的顧亭林與王漁洋總要算是一個人物了，可是讀他們的筆記，便覺得可取的地方沒有如預料的那麼多。為什麼呢？中國文人學士大抵各有他們的道統，或嚴肅的道學派或風流的才子派，雖自有其系統，而缺少溫柔敦厚或淡泊寧靜之趣，這在筆記文學中卻是必要的，因此無論別的成績如何，在這方面就難免很差了。這一點小事情卻含有大意義，蓋這裡不但指示出看筆記的途徑，同時也教了我寫文章的方法也。

　　俞理初生於乾嘉時，《存稿》成於癸巳，距今已逾百年矣，而其見識乃極明達，甚可佩服，特別是能尊重人權，對於兩性問題常有超越前人的公論，葵子民先生在《年譜》序中曾列舉數例，加以讚揚，如上文所引亦是好例之一也。但是我讀《存稿》，覺得另有一種特色，即是議論公平而文章乃多滑稽趣味，這也是很難得的事。戴醇士著《習苦齋筆記》有一則云：

　　理初先生，黟縣人，予識於京師，年六十矣。口所談者皆遊戲語，遇於道則行無所適，南北東西，無可無不可。至人家，談數語，輒睡於客座。問古今事，詭言不知。或晚間酒後，則原原本本無一字遺。予所識博雅者無出其右。

　　這是很有價值的一種記錄，從日常言行一小節上可以使人得到好資料，去了解他文字思想上的有些特殊問題。《存稿》卷三〈魯二女〉一篇中說：《春秋》僖公十四年，季姬及鄫子遇於防，公羊、穀梁二家釋為淫通，據《左傳》反駁之，評云：

　　季姬蓋老矣，遭家不造，為古貴婦人之失勢者，不料漢人恕己度人，好言古女淫佚也。

　　又云：

　　聽女淫佚，則《春秋》之法，公子出境，重至帥師，非君命不書，非告廟不書，淫佚有何喜慶，而命之策命，告之祖宗，固知瞀儒穢言無一可通者。

又卷三《書難字後》有一節云：

《說文》，亡從入從，為有亡，亦為亡失，唐人《語林》云，有亡之亡一點一畫一乙，亡失之亡中有人，觀篆文便知。不知是何篆文有此二怪字，欲令人觀之。

又關於欸乃二字云：

《冷齋夜話》引洪駒父言，欸乃音襖，可為怪嘆，反譏世人分欸乃為兩字。此洪識難字誠多矣，然不似讀書人也。

又有云：

又《短書》言，宋扎神示古忠恕乃一筆書，退檢古名帖，忠恕草書是中心如一四字。是不唯人荒謬，扎神亦荒謬也。

又卷四《師道正義》中云：

《楓窗小牘》言，宋仁宗時，開封民聚童子教之，有因夏楚死者，為其父母所訟，當抵死。此則非人所為。師本以利，誠不愛錢，即謝去一二不合意之人亦非大損，乃苦守聚徒取錢本意，而致出錢幼童於死，此其昧良尤不可留於人世也。

又云：

《東京夢華錄》云，市學先生，春社、秋社、重五、重九，預斂諸生錢作會，諸生歸時各攜花籃果實食物社糕而散。此固生財之道，近人情也。

　　卷十一《芭蕉》一文中，謂南方雪中實有芭蕉，王維山中亦當有之，對於諸家評摩詰畫乃神悟不在形跡諸說，深不以為然，評曰：

　　世間此種言語，譽西施之顰耳，西施是日適不曾顰也。

　　卷十四《古本大學石刻記》中云：

　　明正德十三年七月，王守仁從《禮記》寫出〈大學〉本文，其識甚高。時有張夏者輯《閩洛淵源錄》，反極詆守仁倒置經文，蓋張夏言道學，不暇料檢五經，又所傳陳澔《禮記》中無〈大學〉，疑是守仁偽造。然朱子章句見在，為朱學者多以朱墨塗其章句之語，夏欲自附朱子，亦不全覽朱子章句，致不知有舊本，可云奇怪。

　　後說及豐坊偽作石經本《大學》，周從龍作《遵古編》附和之，語多謬妄，評云：「此數人者慷慨下筆，殆有異人之稟。」又《愚儒莠書》中，引宋人所記，不近情理事以為不當有，但因古有類似傳說，因仿以為書，不自知其愚也。篇末總結云：「著書者含毫吮墨，搖頭轉目，愚鄙之狀見於紙上也。」可謂窮形極相。古今來此類層出不盡，惜無人為一一指出，良由常人難得之故。

　　蓋常人者，無特別希奇古怪的宗旨，只有普通的常識，即是向來所謂人情物理，尋常對於一切事物就只公平的看去，所

見故較為平正真切，但因此亦遂與大多數的意思相左，有時也有反被稱為怪人的可能，如漢孔文舉、明李宏甫皆是，俞君正是幸而免耳。

中國賢哲提倡中庸之道，現在想起來實在也很有道理，蓋在中國最缺少的大約就是這個，一般文人學士差不多都有點異人之槩，喜歡高談闊論，講他自己所不知道的話，寧過無不及，此莠書之所以多也。如平常的人，有常識與趣味，知道凡不合情理的事既非真實，亦不美善，不肯附和，或更辭而闢之，則更大有益世道人心矣。

俞理初可以算是這樣一個偉大的常人了，不客氣的駁正俗說，而又多以詼諧的態度出之，這最使我佩服，只可惜上下三百年此種人不可多得，深恐隻手不能滿也。

民國二十六年九月八日，在北平苦雨齋

中年

雖然四川開縣有二百五十歲的胡老人，普通還只是說人生百年，其實這也還是最大的整數。若是人民平均有四、五十歲的壽，那已經可以登入祥瑞志，說什麼壽星見了。我們鄉間稱三十六歲為本壽，這時候死了，雖不能說壽考，也就不是夭折。這種說法我覺得頗有意思。日本兼好法師曾說：「即使長命，在四十以內死了最為得體。」雖然未免性急一點，卻也有幾分道理。

孔子曰：「四十而不惑。」吾友某君則云：「人到了四十歲便可以槍斃。」兩樣相反的話，實在原是盾的兩面。合而言之，若曰：四十可以不惑，但也可以疑惑，那麼，那時就是槍斃了也不足惜云爾。平常中年以後的人大抵糊塗荒謬的多，正如兼好法師所說，過了這個年紀，便將忘記自己的老醜。想在人群中胡混，執著人生，私慾益深，人情物理都不復了解，「至可嘆息」是也。不過因為怕獻老醜，便想得體地死掉，那也似乎可以不必。為什麼呢？假如能夠知道這些事情，就很有不惑的希望，讓他多活幾年也不礙事。所以在原則上我雖贊成兼好法師的話，但覺得實際上還可稍加斟酌，這倒未必全是為自己道地，想大家都可見諒的罷。

我絕不敢相信自己是不惑，雖然歲月是過了不惑之年好久了，但是我總想努力不至於疑惑，不要人情物理都不了解。本來人生是一貫的，其中卻分幾個段落，如童年、少年、中年、老年，各有意義，都不容空過。譬如少年時代是浪漫的，中年是理智的時代，到了老年差不多可以說是待死堂的生活罷。

然而中國凡事是顛倒錯亂的，往往少年老成，擺出道學家超人志士的模樣，中年時重新來秋冬行春令，大講其戀愛等，這樣地跟著青年跑，或者可以免於落伍之譏，實在猶如將畫作夜，「拽直照原」，只落得不見日光而見月亮，未始沒有好些危險。我想最好還是順其自然，六十過後雖不必急做壽衣，唯一隻腳確已踏在墳裡，亦無庸再去請斯坦那赫博士結紮生殖腺了。

至於戀愛則在中年以前應該畢業，以後便可應用經驗與理性去觀察人情與物理，即使在市街戰鬥或示威運動的隊伍裡少了一個人，實在也有益無損，因為後起的青年自然會去補充（這是說假如少年不是都老成化了，不在那裡做各種八股），而別一隊伍裡也就多了一個人，有如退伍兵去研究動物學，反正於參謀本部的作戰計畫並無什麼妨害的。

話雖如此，在這時要使它不發生亂調，實在是不大容易的事。世間稱四十左右日危險時期，對於名利，特別是色，時常露出好些醜態，這是人類的弱點，原也有可以容忍的地方。但

是可容忍與可佩服是絕不相同的事情，尤其是無慚愧地，得意似地那樣做，還彷彿是我們的模範似地那樣做，那麼容忍也還是我們從數十年的世故中來最大的應許，若鼓吹護持似乎可以無須了罷。

我們少年時浪漫地崇拜許多英雄，到了中年再一回顧，那些舊日的英雄，無論是道學家或超人志士，此時也都是老年中年了，差不多盡數地不是顯出泥臉便即露出羊腳，給我們一個不客氣的幻滅。這有什麼辦法呢？自然太太的計畫誰也難違拗它。風水與流年也好，遺傳與環境也好，總之是說明這個的可怕。這樣說來，得體地活著這件事或者比得體地死要難得多，假如我們過了四十卻還能平凡地生活，雖不見得怎麼得體，也不至於怎樣出醜，這實在要算是邀天之幸，不能不知所感謝了。

人是動物，這一句老實話，自人類發生以至地球毀滅，永久是實實在在的，但在我們人類則須經過相當年齡才能明白承認。所謂動物，可以含有科學家一視同仁的「生物」與儒教徒罵人的「禽獸」這兩種意思，所以對於這一句話人們也可以有兩樣態度。

其一，以為既同禽獸，便異聖賢，因感不滿，以至悲觀。

其二，呼鑣曰鑣，本無不當，聽之可也。我可以說就是這

樣地想，但是附加一點，有時要去綜核名實言行，加以批評。本來棘皮動物不會膚如凝脂，發怒的貓不打呼嚕，原是一定的道理，毋庸怎麼考核，無如人這動物是會說話的，可以自稱什麼家或主唱某主義等，這都是別的眾生所沒有的。我們如有閒一點兒，免不得要注意及此。譬如普通男女私情我們可以不管，但如見一個社會棟梁高談女權或社會改革，卻照例納妾等等，那有如無產首領浸在高貴的溫泉裡命令大眾衝鋒，未免可笑，覺得這動物有點變質了。

我想文明社會上道德的管束應該很寬，但應該要求誠實，言行不一致是一種大欺詐，大家應該留心不要上當。我想，我們與其偽善還不如真惡，真惡還是要負責任，冒危險。

我這些意思恐怕都很有老朽的氣味，這也是沒有辦法的事情。年紀一年年的增多，有如走路一站站的過去，所見既多，對於從前的意見自然多少要加以修改。這是得呢？失呢？我不能說。不過，走著路專為貪看人物風景，不復去訪求奇遇，所以或者比較地看得平靜仔細一點也未可知。然而這又怎麼能夠自信呢？

我們的敵人

　　我們的敵人是什麼？不是活人，乃是野獸與死鬼，附在許多活人身上的野獸與死鬼。小孩的時候，聽了《聊齋志異》或《夜談隨錄》的故事，黑夜裡常怕狐妖殭屍的襲來；到了現在，這種恐怖是沒有了，但在白天裡常見狐妖殭屍的出現，那更可怕了。在街上走著，在路旁站著，看行人的臉色，聽他們的聲音，時常發見妖氣，這可不是「畫皮」嗎？誰也不能保證。我們為求自己安全起見，不能不對他們為「防禦戰」。

　　有人說：「朋友，小心點，像這樣的神經過敏下去，怕不變成瘋子，── 或者你這樣說，已經有點瘋意也未可知。」不要緊，我這樣寬懈的人哪裡會瘋呢？看見別人便疑心他有尾巴或身上長著白毛，的確不免是瘋人行徑，在我卻不然，我是要用了新式的鏡子，從人群中辨別出這些異物而驅除之。而且這方法也並不難，一點都沒有什麼神祕：我們只須看他，如見了人便張眼露齒，口嚙唾沫，大有拿來當飯之意，則必是「那件東西」，無論他在社會上是稱作天地君親師，銀行家，拆白黨或道學家。

　　據達爾文（Darwin）他們說，我們與虎狼狐狸之類講起來本來有點遠親，而我們的祖先無一不是名登鬼錄的，所以我

們與各色鬼等也不無多少世誼。這些話當然是不錯的,不過遠親也好,世誼也好,他們總不應該借了這點瓜葛出來煩擾我們。諸位遠親如要講親誼,只應在山林中相遇的時節,拉拉鬍鬚,或搖搖尾巴,對我們打個招呼,不必戴了骷髏來夾在我們中間廝混,諸位世交也應恬靜的安息在草葉之陰,偶然來我們夢裡會晤一下,還算有點意思,倘若像現在這樣化作「重來」(Revenallts),居然現形於化日光天之下,那真足以駭人視聽了。他們既然如此胡為,要來侵害我們,我們也就不能再客氣了,我們只好憑了正義人道以及和平等等之名來取防禦的手段。

聽說昔者歐洲教會和政府為救援異端起見,曾經用過一個很好的方法,便是將他們的肉體用一把火燒了,免得他的靈魂下地獄。這實在是存心忠厚的辦法,只可惜我們不能採用,因為我們的目的是相反的;我們是要從這所依附的肉體裡趕出那依附著的東西,所以應得用相反的方法。我們去拿許多桃枝柳枝,荊鞭蒲鞭,盡力的抽打面有妖氣的人的身體,務期野獸幻化的現出原形,死鬼依託的離去患者,留下借用的軀殼,以便招尋失主領回。這些趕出去的東西,我們也不想「聚而殲旃」,因為「嗖」的一聲吸入瓶中,用丹書封好重湯煎熬,這個方法現在似已失傳,至少我們是不懂得用,而且天下大矣,萬牲百鬼,汗牛充棟,實屬辦不勝辦,所以我們敬體上天好生之德,

並不窮追，只要獸走於爐，鬼歸其穴，各安生業，不復相擾，也就可以罷手，隨他們去了。

至於活人，都不是我們的敵人，雖然也未必全是我們的友人。——實在，活人也已經太少了，少到連打起架了也沒有什麼趣味了。等打鬼打完了之後（假使有這一天），我們如有興致，喝一碗酒，捲捲袖子，再來比一比武，也好罷（比武得勝，自然有美人垂青等等事情，未始不好，不過那是《劫後英雄略》的情景，現在卻還是《西遊記》哪）。

啞吧禮讚

俗語云：「啞吧吃黃連」，謂有苦說不出也。但又云：「黃連樹下彈琴」，則苦中作樂，亦是常有的事，啞吧雖苦於說不出話，蓋亦自有其樂，或者且在吾輩有嘴巴人之上，未可知也。

普通把啞吧當作殘廢之一，與一足或無目等視，這是很不公平的事。啞吧的嘴既沒有殘，也沒有廢，他只是不說話罷了。《說文》云：「瘖，不能言病也。」就是照許君所說，不能言是一種病，但這並不是一種要緊的病，於嘴的大體用處沒有多大損傷。

查嘴的用處大約是這幾種：（一）吃飯，（二）接吻，（三）說話。啞吧的嘴原是好好的，既不是缺少舌尖，也並不是上下脣連成一片，那麼他如要吃喝，無論番菜或是「華餐」，都可以盡量享用，絕沒有半點不便，所以啞吧於個人飲食上毫無障礙，這是可以斷言的。

至於接吻呢？既如上述可以自由飲啖的嘴，在這件工作當然也無問題，因為如荷蘭威耳德（Van de Velde）醫生在《圓滿的結婚》第八章所說，接吻的種種大都以香味觸三者為限，於聲別無關係，可見啞吧不說話之絕不妨事了。歸根結柢，啞吧的所謂病還只是在「不能言」這一點上。據我看來，這實在也

不關緊要。人類能言本來是多此一舉，試看世間林林總總，一切有情，莫不自遂其生，各盡其性，何曾說一句話。古人云：「猩猩能言，不離禽獸，鸚鵡能言，不離飛鳥。」可憐這些畜生，辛辛苦苦，學了幾句人家的口頭語，結果還是本來的鳥獸，多被聖人奚落一番，真是何苦來。

從前四隻眼睛的倉頡先生，無中生有地造文字，害得好心的鬼哭了一夜，我怕最初類猿人裡那一匹直著喉嚨學說話的時候，說不定還著實引起了原始天尊的長嘆了呢。人生營營所為何事，「飲食男女，人之大欲存焉」，既於大欲無虧，別的事豈不是就可以隨便了嗎？中國處世哲學裡很重要的一條是，多一事不如少一事，如啞吧者，可以說是能夠少一事的了。

語云：「病從口入，禍從口出。」說話不但於人無益，反而有害，即此可見。一說話，話中即含有臧否，即是危險，這個年頭，人不能老說「我愛你」等甜美的話，——況且仔細檢查，我愛你即含有我不愛他或不許他愛你等意思，也可以成為禍根。

哲人見客寒暄，但云：「今天天氣……哈哈哈！」不再加說明，良有以也，蓋天氣雖無知，唯說其好壞終不甚妥，故以一笑了之。往讀楊惲《報孫會宗書》，但記其「種一頃豆，落而為萁」等語，心竊好之，卻不知楊公竟因此而腰斬，猶如湖南十五六歲的女學生們以讀《落葉》（係郭沫若的，非徐志摩的

《落葉》）而被槍決，同樣地不可思議。然而這個世界就是這樣不可思議的世界，其奈之何哉。幾千年來受過這種經驗的先民留下遺訓曰：「明哲保身」。幾十年來看慣這種情形的茶館貼上標語曰：「莫談國事」。吾家金人三緘其口，二千五百年來為世楷模，聲聞弗替。若啞吧者豈非今之金人歟？

常人以能言為能，但亦有因裝啞吧而得名者，並且上下古今這樣的人並不很多，即此可知啞吧之難能可貴了。第一個就是那鼎鼎大名的息夫人。她以傾國傾城的容貌，做了兩任王后，她替楚王生了兩個兒子，可是沒有對楚王說一句話。中國文人於是大做特做其詩，有的說她好，有的說她壞，各自發揮他們的臭美，然而息夫人的名聲也就因此大起來了。老實說，這實是婦女生活的一場悲劇，不但是一時一地一人的事情，差不多就可以說是婦女全體的命運的象徵。

易卜生（Ibsen）所作《玩偶之家》（*A Doll's House*）一劇中女主角娜拉說，她想不到自己竟替漠不相識的男子生了兩個子女，這正是息夫人的命運，其實也何嘗不就是資本主義下的一切婦女的命運呢。還有一位不說話的，是漢末隱士姓焦名先的便是。吾鄉金古良作《無雙譜》，把這位隱士收在裡面，還有一首贊題得好：「孝然獨處，絕口不語，默隱以終，笑殺狐鼠。」

並且據說「以此終身，至百餘歲」，則是裝了啞吧，既成高士之名，又享長壽之福，啞吧之可讚美蓋彰彰然明矣。

　　世道衰微，人心不古，現今啞吧也居然裝手勢說起話來了。不過這在黑暗中還是不能用，不能說話。孔子曰：「邦無道，危行言遜。」啞吧其猶行古之道也歟。

十八年十一月十三日，北平

小孩的委屈

　　譯完了《凡該利斯和他的新年餅》之後，發生了一種感想。小孩的委屈與女人的委屈，── 這實在是人類文明上的大缺陷，大汙點。從上古直到現在，還沒有補償的機緣，但是多謝學術思想的進步，理論上總算已經明白了。人類只有一個，裡面卻分作男、女及小孩三種；他們各是人種之一，但男人是男人，女人是女人，小孩是小孩，他們身心上仍各有差別，不能強為統一。

　　以前人們只承認男人是人（連女人們都是這樣想！），用他的標準來統治人類，於是女人與小孩的委屈，當然是不能免了。女人還有多少力量，有時略可反抗，使敵人受點損害，至於小孩受那野蠻的大人的處治，正如小鳥在頑童的手裡，除了哀鳴還有什麼辦法？但是他們雖然白白的被犧牲了，卻還一樣的能報復，── 加報於其父母！這正是自然的因果律。

　　迂遠一點說，如比比那的病廢，即是宣告凡該利斯系統的凋落。切近一點說，如庫多沙菲利斯（也是藹氏所作的小說）打了小孩一個嘴巴，將他打成白痴，他自己也因此發瘋。文中醫生說：「這個瘋狂卻不是以父傳子，乃是自子至父的！」著者又說：「這是一個悲慘的故事，但是你應該聽聽；這或者於你有益，因為你也是喜歡發怒的。」我們聽了這些忠言，能不憬

然悔悟？我們雖然不打小孩的嘴巴，但是日常無理的訶斥，無理的命令，以至無理的愛撫，不知無形中怎樣的損傷了他們柔嫩的感情，破壞了他們甜美的夢，在將來的性格上發生怎樣的影響！

　　然而這些都是空想的話，在事實上，中國沒有為將小孩打成白痴而發瘋的庫多沙菲利斯，也沒有想「為那可憐的比比那的緣故」，而停止吵架的凡該利斯。我曾經親見一個母親將她的兩三歲的兒子放在高椅子上，自己跪在地上膜拜，口裡說道：「爹呵，你為什麼還不死呢！」小孩在高座上，像臨屠的豬一樣的叫喊。這豈是講小孩的委屈問題的時候？至於或者說，中國人現在還不將人當人看，也不知道自己是人。那麼，所有一切自然更是廢話了。

死之默想

四世紀時希臘厭世詩人巴拉達思（Palladas）作有一首小詩道：

（Polla laleis，anthrōpe. —— Palladas）

你太饒舌了，人呵，不久將睡在地下；

住口罷，你生存時且思索那死。

這是很有意思的話。關於死的問題，我無事時也曾默想過（但不坐在樹下，大抵是在車上），可是想不出什麼來，—— 這或者因為我是個「樂天的詩人」的緣故吧。但其實我何嘗一定崇拜死，有如曹慕管君，不過我不很能夠感到死之神祕，所以不覺得有思索十日十夜之必要，於形而上的方面也就不能有所饒舌了。

竊察世人怕死的原因，自有種種不同，「以愚觀之」可以定為三項，其一是怕死時的苦痛，其二是捨不得人世的快樂，其三是顧慮家族。苦痛比死還可怕，這是實在的事情。十多年前有一個遠房的伯母，十分困苦，在十二月底想跳河尋死（我們鄉間的河是經冬不凍的），但是跳了下去，她隨即走了上來，說是因為水太冷了。有些人要笑她痴也未可知，但這卻是真實的人情。倘若有人能夠切實保證，誠如某生物學家所說，被猛

獸咬死攘蘇蘇地很是愉快，我想一定有許多人裹糧入山去投身飼餓虎的了。可惜這一層不能擔保，有些對於別項已無留戀的人因此也就不得不稍為躊躇了。

顧慮家族，大約是怕死的原因中之較小者，因為這還有救治的方法。將來如有一日，社會制度稍加改良，除施行善種的節制以外，大家不問老幼可以各盡所能，各取所需，凡平常衣食住，醫藥教育，均由公給，此上更好的享受再由個人自己的努力去取得，那麼這種顧慮就可以不要，便是夜夢也一定平安得多了。不過我所說的原是空想，實現還不知在幾十百千年之後，而且到底未必實現也說不定，那麼也終是遠水不救近火，沒有什麼用處。比較確實的辦法還是設法發財，也可以救濟這個憂慮。為得安閒的死而求發財，倒是狠高雅的俗事；只是發財大不容易，不是我們都能做的事，況且天下之富人有了錢便反死不去，則此亦頗有危險也。

人世的快樂自然是很可貪戀的，但這似乎只在青年男女才深切的感到，像我們將近「不惑」的人，嘗過了凡人的苦樂，此外別無想做皇帝的野心，也就不覺得還有捨不得的快樂。我現在的快樂只想在閒時喝一杯清茶，看點新書（雖然近來因為政府替我們儲蓄，手頭只有買茶的錢），無論他是講蟲鳥的歌唱，或是記賢哲的思想，古今的刻繪，都足以使我感到人生的欣幸。然而朋友來談天的時候，也就放下書卷，何況「無私神

女」（Atropos）的命令呢？我們看路上許多乞丐，都已沒有生人樂趣，卻是苦苦的要活著，可見快樂未必是怕死的重大原因：或者捨不得人世的苦辛也足以叫人留戀這個塵世罷。講到他們，實在已是了無牽掛，大可「來去自由」，實際卻不能如此，倘若不是為了上面所說的原因，一定是因為怕河水比徹骨的北風更冷的緣故了？

　　對於「不死」的問題，又有什麼意見呢？因為少年時當過五六年的水兵，頭腦中多少受了唯物論的影響，總覺得造不起「不死」這個觀念來，雖然我狠喜歡聽荒唐的神話。即使照神話故事所講，那種長生不老的生活我也一點兒都不喜歡。住在冷冰冰的金門玉階的屋裡，吃著五香牛肉一類的麟肝鳳脯，天天遊手好閒，不在松樹下著棋，便與金童玉女廝混，也不見得有什麼趣味，況且永遠如此，更是單調而且睏倦了。

　　又聽人說，仙家的時間是與凡人不同的，詩云：「山中方七日，世上已千年。」所以爛柯山下的六十年在棋邊只是半個時辰耳，哪裡會有日子太長之感呢？但是由我看來，仙人活了二百萬歲也只抵得人間的四十春秋，這樣浪費時間無裨實際的生活，殊不值得費盡了心機去求得他；倘若二百萬年後劫波到來，就此溘然，將被五十歲的凡夫所笑。

　　較好一點的還是那西方鳳鳥（Phoenix）的辦法，活上五百年，便爾蛻去，化為幼鳳，這樣的輪迴倒很好玩的，——可惜

他們是只此一家，別人不能仿作。大約我們還只好在這被容許的時光中，就這平凡的境地中，尋得些許的安閒悅樂，即是無上幸福；至於「死後，如何？」的問題，乃是神祕派詩人的領域，我們平凡人對於成仙做鬼都不關心，於此自然就沒有什麼興趣了。

笠翁與兼好法師

章實齋是一個學者，然而對於人生只抱著許多迂腐之見，如在〈婦學篇書後〉中所說者是。李笠翁當然不是一個學者，但他是了解生活法的人，絕不是那些樸學家所能企及（雖然有些重男輕女的話也一樣不足為訓）。《笠翁偶集》卷六中有這一節：

人問：「執子之見，則老子『不見可欲，使心不亂』之說不幾謬乎？」

予曰：「正從此說參來，但為下一轉語：不見可欲，使心不亂，常見可欲亦能使心不亂。何也？人能屏絕嗜慾，使聲色貨利不至於前，則誘我者不至，我自不為人誘。—— 苟非入山逃俗，能若是乎？使終日不見可欲而遇之一旦，其心之亂也，十倍於常見可欲之人，不如日在可欲中，與此輩習處，則司空見慣渾閒事矣，心之不亂不大異於不見可欲而忽見可欲之人哉！老子之學，避世無為之學也；笠翁之學，家居有事之學也。」……

這實在可以說是性教育的精義。「老子之學」終於只是空想，勉強做去，結果是如聖安多尼（St. Anthony）的在埃及荒野上胡思亂想，夢見示巴女王與魔鬼，其心之亂也十倍於常人。余澹心在《偶集》序上說：「冥心高寄，千載相關，深惡王

莽、王安石之不近人情，而獨愛陶元亮之閒情作賦」，真是極正確的話。

兼好法師是一個日本的和尚，生在十四世紀前半，正當中國元朝，作有一部隨筆名《徒然草》，其中有一章云：

倘若阿太志野之露（阿太志野是墓地之名，鳥部山為火葬場所在地。）沒有消時，鳥部山之煙也無起時，人生能夠常住不滅，恐世間將更無趣味。人世無常，或者正是很妙的事罷。

遍觀有生，唯人最長生。蜉蝣及夕而死，夏蟬不知春秋。倘若悠遊度日，則一歲的光陰也就很是長閒了。如不知厭足，那麼雖過千年也不過一夜的夢罷。在不能常住的世間，活到老醜，有什麼意思？「壽則多辱。」即使長命，在四十以內死了，最為得體。過了這個年紀，便將忘記自己的老醜，想在人群中胡混，到了暮年還愛戀子孫，希冀長壽得見他們的繁榮，執著人生，私慾益深，人情物理都不復了解，至可嘆息。

這位老法師雖是說著佛老的常談，卻是實在了解生活法的。曹慕管是一個上海的校長，最近在《時事新報》上發表一篇論吳佩孚的文章，這樣說道：

關為後人欽仰，在一死耳。……吳以上將，位居巡帥，此次果能一死，教育界中拜賜多矣。

死本來是眾生對於自然的負債，不必怎樣避忌，卻也不必怎樣欣慕。我們贊成兼好法師老而不死很是無聊之說，但也並

不覺得活滿四十必須上吊，以為非如此便無趣味。曹校長卻把
死（自然不是壽終正寢之類）看得珍奇，彷彿只要一個人肯「殺
身成仁」，什麼政治教育等事都不必講，便能一道祥光，立刻
把人心都擺正，現出一個太平世界。這種死之提倡，實在離奇
得厲害。查野蠻人有以人為犧牲祈求豐年及種種福利的風俗，
正是同一用意。然在野蠻人則可，以堂堂校長而欲犧牲吳上將
以求天降福利於教育界，則「將何以訓練一般之青年也乎，將
何以訓練一般之青年也乎」！

第二部分
　　於是唯有煩悶

畏天憫人

劉熙載著《藝概》卷一「文概」中有一則云：

畏天憫人四字見文中子〈周公篇〉，蓋論《易》也。今讀《中說》全書，覺其心法皆不出此意。

查《中說》卷四云：

文中子曰：《易》之憂患，業業焉，孜孜焉，其畏天憫人，思及時而動乎？

關於《周易》我是老實不懂，沒有什麼話說，《中說》約略翻過一遍，看不出好處來，其步趨《論語》的地方尤其討厭，據我看來，文中子這人遠不及王無功有意思。但是上面的一句話我覺得很喜歡，雖然是斷章取義的，意義並不一樣。

天就是「自然」。生物的自然之道是弱肉強食，適者生存。河裡活著魚蝦蟲豸，忽然水乾了，多少萬的生物立即枯死。自然是毫無感情的，《老子》稱之曰天地不仁。人這生物本來也受著這種支配，可是他要不安分地去想，想出不自然的仁義來。仁義有什麼不好，這是很合於理想的，只是苦於不能與事實相合。不相信仁義的有福了，他可以老實地去做一隻健全的生物。

相信的以為仁義即天道，也可以聖徒似地閉了眼禱告著過一生，這種人雖然未必多有。許多的人看清楚了事實卻又不能

拋棄理想，於是唯有煩悶。這有兩條不同的路，但覺得同樣地可憐。一是沒有辦法。正如巴斯加耳說過，他受了自然的殘害，一點都不能抵抗，可是他知道如此，而「自然」無知，只此他是勝過自然了。二是有辦法，即信自然是有知的。他也看見事實打壞了理想，卻幻想這是自然用了別一方式去把理想實現了。說來雖似可笑，然而滔滔者天下皆是也，我們隨便翻書，便可隨時找出例子來。

最顯明的例子是講報應。元來因果是極平常的事，正如藥苦糖甜，由於本質，或殺人償命，欠債還錢，是法律上所規定，當然要執行的。但所謂報應則不然。這是在世間並未執行，卻由別一勢力在另一時地補行之，蓋是弱者之一種願望也。前讀筆記，見此類紀事很以為怪，曾云：

我真覺得奇怪，何以中國文人這樣喜歡講那一套老話，如甘蔗滓的一嚼再嚼，還有那麼好的滋味。最顯著的一例是關於所謂逆婦變豬這類的紀事。在阮元的《廣陵詩事》卷九中有這樣的一則云：阮雲臺本非俗物，於考據詞章之學也有成就，乃喜記錄此等惡濫故事，殊不可解。

近日讀郝懿行的詩文隨筆，此君文章學識均為我所欽敬，乃其筆錄中亦常未能免俗。又《袁小修日記》上海新印本出板，比所藏舊本多兩卷，重閱一過，發見其中談報應的亦頗不少，而且多不高明。因此乃嘆此事大難，向來亂讀雜書，見關於此等事思

想較清楚者只有清朝無名的兩人，即漢軍劉玉書、四川王侃耳。若大多數的人則往往有兩個世界，前世造了孽，所以在這世無端地捱了一頓屁股或其他，這世作了惡，再拖延到死後去下地獄，這樣一來，世間種種疑難雜事大抵也就可以解決了。

從報應思想反映出幾件事情來。一是人生的矛盾。理想是仁義，而事實乃是弱肉強食。強者口說仁義，卻仍吃著肉。皇帝的事情是不敢說的了，武人、官吏、土豪、流賊的無法無天怎麼解說呢？這只能歸諸報應，無論是這班殺人者將來去受報也好，或者被殺的本來都是來受報的也好，總之這矛盾就搪塞過去了。二是社會的缺陷。有許多惡事，在政治清明法律完備的國家大抵隨即查辦，用不著費陰司判官的心的，但是在亂世便不可能，大家只好等候俠客義賊或是閻羅老子來替他們出氣，所以我頗疑《水滸傳》、《果報錄》的盛行即是中國社會混亂的一種證據。可是也有在法律上不成大問題的，文人看了很覺得可惡，大有欲得而甘心之意，也就在他筆下去辦他一下，那自然更是無聊，這裡所反映出來的乃只是道學家的脾氣罷了。

甘熙著《白下瑣言》卷三有一則云：

正陽門外有地不生青草，為方正學先生受刑處。午門內正殿堤石上有一凹，雨後拭之血痕宛然，亦傳為草詔時齒血所濺。蓋忠義之氣融結宇宙間，歷久不磨，可與黃公祠血影石並傳。

　　這類的文字我總讀了愀然不樂。孟德斯鳩（Montesquieu）臨終有言，據嚴幾道說：「帝力之大如吾力之為微。」人不承認自己的微，硬要說得闊氣，這是很可悲的事。如上面所說，河水乾了，幾千萬的魚蝦蟲豸一齊枯死。一場惡戰，三軍覆沒，一場株連，十族夷滅，死者以萬千計。此在人事上自當看作一大變故，在自然上與前者事同一律，天地未必為變色，宇宙亦未必為震動也。河水不長則陸草生焉，水長復為小河，生物亦生長如故，戰場及午門以至弼教坊亦然，土花石暈不改故常，方正學雖有忠義之氣，豈能染汙自然尺寸哉？俗人不悲方君的白死，宜早早淹沒藉以慰安之，乃反為此等曲說，正如茅山道士諱虎噬為飛昇，稱被殺曰兵解，彌復可笑矣。

　　曾讀英國某人文云：「世俗確信公理必得最後勝利。」此不盡然，在教派中有先屈後伸者，蓋因壓迫者稍有所顧忌，芟夷不力之故，古來有若干宗派確被滅盡，遂無復孑遺。此鐵冷的事實正記錄著自然的真相，世人不察，卻要歪曲了來說，天讓正人義士被殺了，還很愛護他，留下血跡以示褒揚。倘若真是如此，這也太好笑，豈不與獵師在客座牆上所嵌的一個鹿頭相同了嗎？王彥章曰：「豹死留皮，人死留名。」豹的一生在長林豐草間，及為虎咬蛇吞，便乾脆了事，不幸而死於獵戶之手，多留下一張皮毛為貴人作坐墊，此正是豹之「獸恥」也。彥章武夫，不妨隨便說，若明達之士應知其非。聞有法國詩人微尼

氏曾作一詩曰：「狼之死」，有畫廊派哲人之風，是殆可謂的當的人生觀歟。

附記 ···

　　年紀大起來了，覺得應該能夠寫出一點沖淡的文章來吧。如今反而寫得那麼劍拔弩張，自己固然不中意，又怕讀者們也不喜歡，更是過意不去。

十月三日記

夏夜夢

序言

　　鄉間以季候定夢的價值，俗語云：春夢如狗屁，言其毫無價值也。冬天的夢較為確實，但以「冬夜」（冬至的前夜）的為最可靠。夏秋夢的價值，大約只在有若無之間罷了。佛書裡說：「夢有四種，一四大不和夢，二先見夢，三天人夢，四想夢。」後兩種真實，前兩種虛而不實。我現在所記的，既然不是天人示現的天人夢或豫告福德罪障的想夢，卻又並非「或晝日見夜則夢見」的先見夢，當然只是四大不和夢的一種，俗語所謂「亂夢顛倒」。大凡一切顛倒的事，都足以引人注意，有記錄的價值，譬如中國現在報紙上所記的政治或社會的要聞，那一件不是顛倒而又顛倒的嗎？所以我也援例，將夏夜的亂夢隨便記了下來。但既然是顛倒了，虛而不實了，其中自然不會含著什麼奧義，不勞再請「太人」去占；反正是占不出什麼來的。──其實要占呢，也總胡亂的可以做出一種解說，不過這占出來的休咎如何，我是不負責任的罷了。

■ 一　統一局

彷彿是地安門外模樣。西邊牆上貼著一張告示，擁擠著許多人，都仰著頭在那裡細心的看，有幾個還各自高聲念著。我心裡迷惑，這些人都是車夫嗎？其中夾著老人和女子，當然不是車夫了；但大家一樣的在衣服上罩著一件背心，正中綴了一個圓圖，寫著中西兩種的號碼。正納悶間，聽得旁邊一個人喃喃的念道：

「……目下收入充足，人民軍等應該加餐，自出示之日起，不問女男幼老，應每日領米二斤，麥二斤，豬羊牛肉各一斤，馬鈴薯三斤，油鹽準此，不得折減，違者依例治罪。

飲食統一局長三九二七鞠躬」

這個辦法，寫的很是清楚，但既不是平糴，又不是賑饑，心裡覺得非常胡塗。只聽得一個女人對著一個老頭子說道：

「三六八（彷彿是這樣的一個數目）叔，你老人家胃口倒還好嗎？」

「六八二 —— 不，六八八二妹，哪裡還行呢！以前已經很勉強了，現今又添了兩斤肉，和些什麼，實在再也吃不下，只好拼出治罪罷了。」

「是呵，我怕的是吃馬鈴薯，每天吃這個，心裡很膩的，但是又怎麼好不吃呢。」

「有一回，還是只發一斤米的時候，規定凡六十歲以上的人應該安坐，無故不得直立，以示優待。我坐得不耐煩了，暫時立起，恰巧被稽檢視見了，拉到平等廳去判了三天的禁錮。」

「那麼，你今天怎麼能夠走出來的呢？」

「我有執照在這裡呢。這是從行坐統一局裡領來的，許可一日間不必遵照安坐條律辦理。」

我聽了這些莫名其妙的話，心想上前去打聽一個仔細，那老人卻已經看見了我，慌忙走來，向我的背上一看，叫道：

「愛克司兄，你為什麼還沒有註冊呢？」

我不知道什麼要註冊，剛待反問的時候，突然有人在耳邊叫道：

「幹麼不註冊！」一個大漢手中拿著一張名片，上面寫道「姓名統一局長一二三」，正立在我的面前。我大吃一驚，回過身來撒腿便跑，不到一刻便跑的很遠了。

二　長毛

我站在故鄉老屋的小院子裡。院子的地是用長方的石板鋪成的；坐北朝南是兩間「藍門」的屋，子京叔公常常在這裡抄《子史輯要》，──也在這裡發瘋；西首一間側屋，屋後是楊家的園，長著許多淡竹和一棵棕櫚。

這是「長毛時候」。大家都已逃走了，但我卻並不逃，只是立在藍門前面的小院子裡，腰間彷彿掛著一把很長的長劍。當初以為只有自己一個人，隨後卻見在院子裡還有一個別人，便是在我們家裡做過長年的得法，──或者叫做得壽也未可知。他與平常夏天一樣，赤著身子，只穿了一條短褲，那豬八戒似的臉微微向下。我不曾問他，他也不說什麼，只是憂鬱的卻很從容自在的站著。

大約是下午六七點鐘的光景。他並不抬起頭來，只喃喃的說道：「來了。」

我也覺得似乎來了，便見一個長毛走進來了。所謂長毛是怎樣的人我並不看見，不過直覺他是個長毛，大約是一個穿短衣而拿一把板刀的人。這時候，我不自覺的已經在側屋裡面了；從花牆後望出去，卻見得法（或得壽）已經恭恭敬敬的跪在地上，反背著手，專等著長毛去殺他了。以後的景緻有點模胡了，彷彿是影戲的中斷了一下，推想起來似乎是我趕出去，把長毛殺了。得法聽得撲通的一顆頭落地的聲音，慢慢的抬起頭來一看，才知道殺掉的不是自己，卻是那個長毛，於是從容的立起，從容的走出去了。在他的遲鈍的眼睛裡並不表示感謝，也沒有什麼驚詫，但是因了我的多事，使他多要麻煩，這一種煩厭的神情卻很明顯的可以看出來了。

▌三　詩人

　　我覺得自己是一個詩人（當然是在夢中），在街上走著搜尋詩料。

　　我在護國寺街向東走去，看見從對面來了一口棺材。這是一口白皮的空棺，裝在人力車上面，一個人拉著，慢慢的走。車的右邊跟著一個女人，手裡抱著一個一歲以內的孩子。她穿著重孝，但是身上的白衣和頭上的白布都是很舊而且髒，似乎已經穿了一個多月了。她一面走，一面和車夫說著話，一點都看不出悲哀的樣子。—— 她的悲哀大約被苦辛所凍住，所遮蓋了罷。我想像死者是什麼人，生者是什麼人，以及死者和生者的過去，正抽出鉛筆想寫下來，他們卻已經完全不見了。

　　這回是在西四北大街的馬路上了。夜裡驟雨初過，大路洗的很是清潔，石子都一顆顆的突出，兩邊的泥路卻爛的像泥塘一般。東邊路旁有三四個人立著呆看，我也近前一望，原來是一匹死馬躺在那裡。大車早已走了，撇下這馬，頭朝著南腳向著東的攤在路旁。這大約也只是一匹平常的馬，但躺在那裡，看去似乎很是瘦小，從泥路中間拖開的時候又翻了轉面，所以他上面的臉孔肚子和前後腿都是溼而且黑的沾著一面的汙泥。他那胸腹已經不再掀動了，但是喉間還是咻咻的一聲聲的作響，不過這已經不是活物的聲音，只是如風過破紙窗似的一

種無生的音響而已。我忽然想到俄國息契特林的講馬的一生的故事《柯虐伽》，拿出筆來在筆記簿上剛寫下去，一切又都不見了。

　　有了詩料，卻做不成詩，覺得非常懊惱，但也徽倖因此便從夢中驚醒過來了。

▌四　狒狒之出籠

　　在著名的雜誌《宇宙之心》上，發現了一篇驚人的議論，篇名叫做「狒狒之出籠」。大意說在毛人的時代，人類依恃了暴力，捕捉了許多同族的狒狒猩猩和大小猿猴，鎖上鐵鏈，關在鐵籠裡，強迫去作苦工。這些狒狒們當初也曾反抗過，但是終抵不過皮鞭和飢餓的力量，歸結只得聽從，做了毛人的奴隸。過了不知多少千年，彼此的皮毛都已脫去，看不出什麼分別，鐵鏈與籠也不用了，但是奴隸根性已經養成，便永遠的成了一種精神的奴族。其實在血統上早已混合，不能分出階級來了，不過他們心裡有一種命運的階級觀，譬如見了人己的不平等，便安慰自己道：「他一定是毛人。我當然是一個狒狒，那是應該安分一點的。」因為這個緣故，彼此相安無事，據他們評論，道德之高足為世界的模範。……但是不幸據專門學者的考察，這個理想的制度已經漸就破壞，狒狒將要扭開習慣的鎖索，出籠來了。出籠來的結果怎樣，那學者不曾說明，他不過

對於大家先給一個警告罷了。

這個警告出來以後，社會上頓時大起恐慌。大家 —— 凡自以為不是狒狒的人們，—— 兩個一堆，三個一攢的在那裡討論，想找出一個萬全的對付策。他們的意見大約可以分作這三大派。

一、是反動派。他們主張恢復毛人時代的制度，命令各工廠「漏夜趕造」鐵鏈鐵籠，把所有的狒狒階級拘禁起來，其正在趕造鐵鏈等者準與最後拘禁。

二、是開明派。他們主張教育狒狒階級，幫助他們去求解放，即使不幸而至於決裂，他們既然有了教育，也可以不會有什麼大恐怖出現了。

三、是經驗派。他們以為反動派與開明派都是庸人自擾，狒狒是不會出籠的。加在身上的鎖索，一經拿去，人便可得自由；加在心上的無形的鎖索的拘繫，至少是終身的了，其解放之難與加上的時間之久為正比例。他們以經驗為本，所以得這個名稱，若從反動派的觀點看去可以說是樂觀派，在開明派這邊又是悲觀派了。

以上三派的意見，各有信徒，在新聞雜誌上大加鼓吹，將來結果如何，還不能知道。反動派的主張固然太是橫暴，而且在實際上也來不及；開明派的意見原要高明得多，但是在這一

點上，也是一樣的來不及了。因為那些自承為狒狒階級的人雖沒有階級爭鬥的意思，卻很有一種階級意識；他們自認是一個狒狒，覺得是卑賤的，卻同時彷彿又頗尊貴。所以他們不能忍受別人說話，提起他們的不幸和委屈，即使是十分同情的說，他們也必然暴怒，對於說話的人漫罵或匿名的揭帖，以為這人是侵犯了他們的威嚴了。而且他們又不大懂得說話的意思，尤其是諷刺的話，他們認真的相信，得到相反的結果，氣轟轟的爭鬧。從這些地方看來，那開明派的想借文字言語企圖心的革命的運動，一時也就沒有把握了。

狒狒倘若真是出籠，這兩種計畫都是來不及的。—— 那麼經驗派的不出籠說是唯一的正確的意見嗎？我不能知道，須等去問「時間」先生才能分解。

這是哪一國的事情，我醒來已經忘了，不過總不是出在我們震旦，特地宣告一句。

▎五　湯餅會

是大戶人家的廳堂裡，正在開湯餅會哩。

廳堂兩旁，男左女右的坐滿了盛裝的賓客。中間彷彿是公堂模樣，放著一頂公案桌，正面坐著少年夫妻，正是小兒的雙親。案旁有十六個人分作兩班相對站著，衣冠整肅，狀貌威嚴，胸前各掛一條黃綢，上寫兩個大字道：「證人」。

　　左邊上首的一個人從桌上拿起一張文憑似的金邊的白紙，高聲念道：「維一四天下，南瞻部洲，禮義之邦，摩訶茀羅利達國，大道德主某家降生男子某者，本屬遊魂，分為異物。披蘿帶荔，足御風寒；飲露餐霞，無須煙火。友蟪蛄而長嘯，賞心無異於聞歌；附螢火以夜遊，行樂豈殊於秉燭。幽冥幸福，亦云至矣。爾乃罔知滿足，肆意貪求：卻夜臺之幽靜而慕塵世之紛紜，舍金剛之永生而就石火之暫寄。即此頑愚，已足憐憫；況復緣茲一念，禍及無辜，累爾雙親，鑄成大錯，豈不更堪嘆恨哉？原夫大道德主某者，華年月貌，群稱神仙中人，而古井秋霜，實受聖賢之戒，以故雙飛蛺蝶，既未足喻其和諧，一片冰心，亦未能比其高潔也。乃緣某刻意受生，妄肆蠱惑，以致清芬猶在，白蓮已失其花光，綠葉已繁，紅杏倏成為母樹。十月之危懼，三年之苦辛；一身瀕於死亡，百樂悉以捐棄。所犧牲者既大，所耗費者尤多：就傅取妻，飲食衣被，初無儲積，而擅自取攜；猥云人子，實唯馬蛭，言念及此，能不慨然。嗚呼，使生汝而為父母之意志，則爾應感罔極之恩。使生汝而非父母之意志，則爾應負彌天之罪矣。今爾知恩乎，爾知罪乎？爾知罪矣，則當自覺悟，勉圖報稱，冀能懺除無盡之罪於萬一。爾應自知，自爾受生以至復歸夜臺，盡此一生，爾實為父母之所有，以爾為父母之罪人，即為父母之俘囚，此爾應得之罪也。爾其謹守下方之律令，勉為孝子，余等實有厚望焉。

計開 ···

一、承認子女降生純係個人意志，應由自己負完全責任，與父母無涉。

二、承認子女對於父母應負完全責任，並賠償損失。

三、準第二條，承認子女為父母之所有物。

四、承認父母對於子女可以自由處置：

甲、隨意處刑。

乙、隨時變賣或贈與。

丙、製造成謬種及低能者。

五、承認本人之妻子等附屬物間接為父母的所有物。

六、以感謝與滿足承認上列律令。」

那人將這篇桐選合璧的文章唸了，接著便是年月和那「遊魂」──現在已經投胎為小兒了──的名字，於是右邊上首的人恭恭敬敬的走下去，捉住抱在乳母懷裡的小兒的兩手，將他的大拇指捺在印色盒裡，再把他們按在紙上署名的下面。以後是那十六個證人各著畫押，有一兩個寫的是「一片中心」和「一本萬利」的符咒似的文字，其餘大半只押一個十字，也有畫圓圈的，卻畫得很圓，並沒有什麼規角。末一人畫圈才了，院子裡便驚天動地的放起大小炮竹來，在這聲響中間，聽得有人大聲叫道，「禮──畢！」於是這禮就畢了。

這天晚上，我正看著英國巴特勒的小說《虛無鄉遊記》，或者因此引起我這個妖夢，也未可知。

西山小品

一　一個鄉民的死

　　我住著的房屋後面，廣闊的院子中間，有一座羅漢堂。它的左邊略低的地方是寺裡的廚房，因為此外還有好幾個別的廚房，所以特別稱他作大廚房。從這裡穿過，出了板門，便可以走出山上。淺的溪坑底裡的一點泉水，沿著寺流下來，經過板門的前面。溪上架著一座板橋。橋邊有兩三棵大樹，成了涼棚，便是正午也很涼快，馬夫和鄉民們常常坐在這樹下的石頭上，談天休息著。我也朝晚常去散步。適值小學校的暑假，豐一到山裡來，住了兩禮拜，我們大抵同去，到溪坑底裡去撿圓的小石頭，或者立在橋上，看著溪水的流動。馬夫的許多騾馬中間，也有帶著小騾的母騾，豐一最愛去看那小小的可愛而且又有點呆相的很長的臉。

　　大廚房裡一總有多少人，我不甚了然。只是從那裡出入的時候，在有一匹馬轉磨的房間的一角裡，坐在大木箱的旁邊，用腳踏著一枝棒，使箱內撲撲作響的一個男人，卻常常見到。豐一教我道，那是寺裡養那兩匹馬的人，現在是在那裡把馬所磨的麥的皮和粉分做兩處呢。他大約時常獨自去看寺裡的馬，所以和那男人很熟習，有時候還叫他，問他各種的小孩子氣的話。

　　這是舊曆的中元那一天。給我做飯的人走來對我這樣說，大廚房裡有一個病人很沉重了。一個月以前還沒有什麼，時時看見他出去買東西。舊曆六月底說有點不好，到十多里外的青龍橋地方，找中醫去看病。但是沒有效果，這兩三天倒在床上，已經起不來了。今天在寺裡作工的木匠把舊板拼合起來，給他做棺材。這病好像是肺病。在他床邊的一座現已不用了的舊灶裡，吐了許多的痰，滿灶都是蒼蠅。他說了又勸告我，往山上去須得走過那間房的旁邊，所以現在不如暫時不去的好。

　　我聽了略有點不舒服。便到大殿前面去散步，覺得並沒有想上山去的意思，至今也還沒有去過。

　　這天晚上寺裡有焰口施食。方丈和別的兩個和尚唸咒，方丈的徒弟敲鐘鼓。我也想去一看，但又覺得麻煩，終於中止了，早早的上床睡了。半夜裡忽然醒過來，聽見什麼地方有鐃鈸的聲音，心裡想道，現在正是送鬼，那麼施食也將完了罷，以後隨即睡著了。

　　早飯吃了之後，做飯的人又來通知，那個人終於在清早死掉了。他又附加一句道：「他好像是等著棺材的做成呢。」

　　怎樣的一個人呢？或者我曾經見過也未可知，但是現在不能知道了。

　　他是個獨身，似乎沒有什麼親戚。由寺裡給他收拾了，便

在上午在山門外馬路旁的田裡葬了完事。

在各種的店裡，留下了好些的欠帳。麵店裡便有一元餘，油醬店一處大約將近四元。店裡的人聽見他死了，立刻從帳簿上把這一頁撕下燒了，而且又拿了紙錢來，燒給死人。木匠的頭兒買了五角錢的紙錢燒了。住在山門外低的小屋裡的老婆子們，也有拿了一點點的紙錢來弔他的。我聽了這話，像平常一樣的，說這是迷信，笑著將他抹殺的勇氣，也沒有了。

一九二一年八月三十日作

▌二　賣汽水的人

我的間壁有一個賣汽水的人。在般若堂院子裡左邊的一角，有兩間房屋，一間作為我的廚房，裡面的一間便是那賣汽水的人住著。

一到夏天，來遊西山的人很多，汽水也生意很好。從汽水廠用一塊錢一打去買來，很貴的賣給客人。倘若有點認識，或是善於還價的人，一瓶兩角錢也就夠了，否則要賣三四角不等。禮拜日遊客多的時候，可以賣到十五六元，一天裡差不多有十元的利益。這個賣汽水的老闆本來是一個開著煤鋪的泥水匠，有一天到寺裡來作工，忽然想到在這裡來賣汽水，生意一定不錯，於是開張起來。自己因為店務及工作很忙碌，所以用了一個夥計替他看守，他不過偶然過來巡閱一回罷了。夥計本

是沒有工錢的，伙食和必要的零用，由老闆供給。

我到此地來了以後，夥計也換了好幾個了，近來在這裡的是，一個姓秦的二十歲上下的少年，體格很好，微黑的圓臉，略略覺得有點狡獪，但也有天真爛漫的地方。

賣汽水的地方是在塔下，普通稱作塔院。寺的後邊的廣場當中，築起一座幾十丈高的方臺，上面又豎著五枝石塔，所謂塔院便是這高臺的上面。從我的住房到塔院底下，也須走過五六十級的臺階，但是分作四五段，所以還可以上去，至於塔院的臺階總有二百多級，而且很峻急，看了也要目眩，心想這一定是不行罷，沒有一回想到要上去過。塔院下面有許多大樹，很是涼快，時常與豐一到那裡看石碑，隨便散步。

有一天，正在碑亭外走著，秦也從底下上來了。一個長圓形的柳條籃套在左腕上，右手拿著一串連著枝葉的櫻桃似的果實。見了豐一，他突然伸出那隻手，大聲說道：「這個送你。」豐一跳著走去，也大聲問道：

「這是什麼？」

「郁李。」

「哪裡拿來的？」

「你不用管。你拿去好了。」他說著，在狡獪似的臉上現出親和的微笑，將果實交給豐一了。他嘴裡動著，好像正吃著這

果實。我們揀了一顆紅的吃了，有李子的氣味，卻是很酸。豐一還想問他什麼話，秦已經跳到臺階底下，說著「一二三」，便兩三級當作一步，走了上去，不久就進了塔院第一個的石的穹門，隨即不見了。

這已經是半月以前的事情了。豐一因為學校將要開始，也回到家裡去了。

昨天的上午，老闆的姪子來了。他突然對秦說，要收店了，叫他明天早上次去。這事情很突然，大家都覺得奇怪，後來仔細一打聽，才知道因為老闆知道了秦的作弊，派他的姪子來查辦的。三四角錢賣掉的汽水，都登了兩角的帳，餘下的都沒收了存放在一個和尚那裡，這件事情不知道有誰用了電話告訴老闆了。姪子來了之後，不知道又在哪裡打聽了許多話，說秦買怎樣的好東西吃，半個月裡吸了幾盒的香菸，於是證據確鑿，終於決定把他趕走了。

秦自然不願意出去，非常的頹唐，說了許多辯解，但是沒有效。到了今天早上，平常起的很早的秦還是睡著，姪子把他叫醒，他說是頭痛，不肯起來。然而這也是無益的了，不到三十分鐘的工夫，秦悄然的出了般若堂去了。

我正在有那大的黑銅的彌勒菩薩坐著的門外散步。秦從我的前面走過，肩上搭著被囊，一邊的手裡提了盛著一點點的

日用品的那一個柳條籃。從對面來的一個寺裡的佃戶見了他問道：

「哪裡去呢？」

「回北京去！」他用了高興的聲音回答，故意的想隱藏他的憂鬱心情。

我覺得非常的寂寥。那時在塔院下所見的浮著親和的微笑的狡獪似的面貌，不覺又清清楚楚的再現在我的心眼的前面了。我立住了，暫時望著他走下那長的石階去的寂寞的後影。

八月三十日在西山碧雲寺

這兩篇小品是今年秋天在西山時所作，寄給幾個日本的朋友所辦的雜誌《生長的星之群》，登在一卷九號上，現在又譯成中文，發表一回。雖然是我自己的著作，但是此刻重寫，實在只是譯的氣分，不是作的氣分。中間隔了一段時光，本人的心情已經前後不同，再也不能喚回那時的情調了。所以我一句一句的寫，只是從別一張紙上謄錄過來，並不是從心中沸湧而出，而且選字造句等翻譯上的困難也一樣的圍困著我。這一層雖然不能當作文章拙劣的辯解，或者卻可以當作他的說明。

一九二一年十二月十五日附記

兩個鬼

在我的心頭住著 Du Daimone，可以說是兩個 —— 鬼。我躊躇著說鬼，因為他們並不是人死所化的鬼，也不是宗教上的魔，善神與惡神，善天使與惡天使。他們或者應該說是一種神，但這似乎太尊嚴一點了，所以還是委屈他們一點稱之曰鬼。

這兩個是什麼呢？其一是紳士鬼，其二是流氓鬼。據王學的朋友說人是有什麼良知的，教士說有靈魂，維持公理的學者們也說憑著良心，但我覺得似乎都沒有這些，有的只是那兩個鬼，在那裡指揮我的一切的言行。這是一種雙頭政治，而兩個執政還是意見不甚協和的，我卻像一個鐘擺在這中間搖著。有時候流氓佔了優勢，我便跟了他去徬徨，什麼大街小巷的一切隱密無不知悉，酗酒、鬥毆、辱罵，都不是做不來的，我簡直可以成為一個精神上的「破腳骨」。但是在我將真正撒野，如流氓之「開天堂」等的時候，紳士大抵就出來高叫：「帶住，著即帶住！」說也奇怪，流氓平時不怕紳士，到得他將要撒野，一聽紳士的吆喝，不知怎的立刻一溜煙地走了。可是他並不走遠，只在巷頭巷尾探望，他看紳士領了我走，學習對淑女們的談吐與儀容，漸漸地由說漂亮話而進於擺臭架子，於是他又趕出來大罵道：「Nohk oh dausangtzr keh niarngsaeh，fiaulctòng tserntseuzeh doodzang kaeh moavaeh toang yuachu！」（案：此流氓文大半有音無字，故今用拼音，文句也不能直譯，大意是說：「你這混帳東西，不要臭美，肉麻當作有趣。」）這一下子，棋又全盤翻過來了。而流氓專政即此漸漸地開始。

挪威的巨人易卜生有一句格言曰：「全或無。」諸事都應該澈底才好，那麼我似乎最好是去投靠一面，「以身報國」似的做去，必有發達之一日，一句話說，就是如不能做「受路足」的無賴便當學為水準線上的鄉紳。不過我大約不能夠這樣做。我對於兩者都有點捨不得，我愛紳士的態度與流氓的精神。紳士不肯「叫一個鏟子是鏟子」，我想也是對的，倘若叫鏟子便有了市儈的俗惡味，但是也不肯叫做別的東西那就很錯了。我不很願意在作文章時用電碼八三一一，然而並不是不說，只是覺得可以用更好的字，有時或更有意思。我為這兩個鬼所迷，著實吃苦不少，但在紳士的從肚臍畫一大圈及流氓的「村婦罵街」式的言語中間，也得到了不少的教訓，這總算還是可喜的。我希望這兩個鬼能夠立憲，不，希望他們能夠結婚，倘若一個是女流氓，那麼中間可以生下理想的王子來，給我們作任何種的元首。

教訓之無用

　　藹理斯（Ellis）在〈道德之藝術〉這一篇文章裡說：「雖然一個社會在某一時地的道德，與別個社會 ── 以至同社會在異時異地的道德絕不相同，但是其間有錯綜的條件，使它發生差異，想故意的做成它顯然是無用的事。一個人如聽人家說他做了一本『道德的』書，他既不必無端的高興，或者被說他的書是『不道德的』，也無須無端的頹喪。這兩個形容詞的意義都是很有限制的。在群眾的堅固的大多數之進行上面，無論是甲種的書或乙種的書都不能留下什麼重大的影響。」

　　史賓賽（Spencer）也曾寫信給人，說道德教訓之無效。他說：「在宣傳了愛之宗教將近二千年之後，憎之宗教還是很占勢力；歐洲住著二萬萬的外道，假裝著基督教徒，如有人願望他們照著他們的教旨行事，反要被他們所辱罵。」

　　這實在都是真的。希臘有過蘇格拉底（Socrates），印度有過釋迦（Sakya），中國有過孔老，他們都被尊為聖人，但是在現今的本國人民中間他們可以說是等於「不曾有過」。我想這原是當然的，正不必代為無謂地悼嘆。這些偉人倘若真是不曾存在，我們現在當不知怎麼的更是寂寞，但是如今既有言行流傳，足供有藝術趣味的人的欣賞，那就夠好了。至於期望他

們教訓的實現，有如枕邊摸索好夢，不免近於痴人，難怪要被
罵了。

　　對於世間「不道德的」文人，我們與聖人一樣的尊敬他。
他的「教訓」在群眾中也是沒有人聽的，雖然有人對他投石，
或拿著他的書，—— 但是我們不妨聽他說自己的故事。

無謂之感慨

中午抽空往東單牌樓書店一看，賒了幾本日文書來，雖然到月底索去欠款，好像是被白拿去似的懊惱，此刻卻很是愉快。其中有一本是安倍能成的《山中雜記》，是五十一篇的論文集。記述人物的，如正岡子規、夏目漱石、數藤、該倍耳諸文，都很喜讀，但旅行及山村的記述覺得最有趣味，更引起我幾種感慨。

大家都說旅行是極愉快的事，讀人家的紀行覺得確是如此，但我們在中國的人，似乎極少這樣幸福。我從前走路總是逃難似的（從所謂實用主義，教育的眼光看去，或者也是一種有益的練習），不但船上、車上要防備謀財害命，便是旅館裡也沒有一刻的安閒，可以休養身心的疲勞，自新式的新旅社以至用高粱桿為床鋪的黃河邊小船棧，據我所住過的無一不是這樣，至於茶房或夥計大抵是菜園子張清的徒弟一流，尤其難與為伍。譬如一條崎嶇泥濘的路（大略如往通州的國道），有錢坐了汽車，沒有錢徒步的走，結果是一樣的不愉快，一樣的沒有旅行的情趣。日本便大不相同，讀安倍的文章，殊令人羨慕他的幸福，—— 其實也是當然的事，不過在中國沒有罷了。

三年前曾在西山養病數月，這是我過去的唯一的山居生

活。比起在城裡，的確要愉快得多，但也沒有什麼特別可懷念的地方，除了幾株古老的樹木以外。無論住在中國的哪裡，第一不合意的是食物的糟糕。淡粥也好，豆腐青菜也好，只要做得乾淨，都很可以吃，中國卻總弄得有點不好看，總有點廚師氣，就很討厭了。齷齪不是山村的特色，應當是清淡閒靜。中國一方面保留著舊的齷齪，一面又添上新的來 —— 一座爛泥牆和一座紅磚牆，請大家自己選擇。安倍在《山中雜記》的末節裡說：

這個山上寺境內還嚴禁食肉蓄妻，我覺得還有意思。我希望到這山上來的人不要與在世間一般貪鮮肥求輕暖，應守清淨樂靜寂才好，又希望寺內的人把山上造成一個修道院，使上山來的人感到一種與世間不同的空氣。日本現在的趨勢，從各方面說來，在漸漸的破壞那閒靜的世界。像我們這樣的窮書生，眼見這樣的世界漸漸不易尋求，不勝慨嘆。我極望山上的當事者不要以宿院為營業，長為愛靜寂與默想的人們留一個適當的地方，供他的寄居。

我對於這一節話十分同意，—— 不過中國本來沒有什麼閒靜的世界，所以這也是廢話而已。

臨了，把《山中雜記》闔上之後，又發生了第三個感慨（我也承認這是亡國之音），這一類的文章，我們做不出，不僅是才力所限，實在也為時勢所迫，還沒有這樣餘裕。可憐，我們

　　還不得不花了力氣去批評華林、柳翼謀、曹慕管諸公的妙論，
還在這裡拉長了臉力辯「二五得一十」，哪有談風月的工夫？我
們之做不出好文章，人也，亦天也，嗚呼。

十三年十二月十日

中國的思想問題

　　中國的思想問題，這是一個重大的問題，但是重大，卻並不嚴重。本人平常對於一切事不輕易樂觀，唯獨對於中國的思想問題卻頗為樂觀，覺得在這裡前途是很有希望的。中國近來思想界的確有點混亂，但這只是表面一時的現象，若是往遠處深處看去，中國人的思想本來是很健全的，有這樣的根本基礎在那裡，只要好好的培養下去，必能發生滋長，從這健全的思想上造成健全的國民出來。

　　這中國固有的思想是什麼呢？有人以為中國向來缺少中心思想，苦心的想給他新定一個出來，這事很難，當然不能成功，據我想也是可不必的，因為中國的中心思想本來存在，差不多幾千年來沒有什麼改變。簡單的一句話說，這就是儒家思想。可是，這又不能說的太簡單了，蓋在沒有儒這名稱之前，此思想已經成立，而在士人已以八股為專業之後也還標榜儒名，單說儒家，難免淆混不清，所以這裡須得再申明之云，此乃是以孔孟為代表，禹稷為模範的那儒家思想。舉例項來說最易明瞭，《孟子》卷四〈離婁下〉云：

　　禹稷當平世，三過其門而不入，孔子賢之。顏子當亂世，居於陋巷，一簞食，一瓢飲，人不堪其憂，顏子不改其樂，孔子賢之。孟子曰：禹稷顏回同道。禹思天下有溺者，由己溺之

也，稷思天下有飢者，由己飢之也，是以如是其急也。禹稷顏
子易地則皆然。

卷一〈梁惠王上〉云：

　　五畝之宅，樹之以桑，五十者可以衣帛矣。雞豚狗彘之
畜，無失其時，七十者可以食肉矣。百畝之田，勿奪其時，數
口之家可以無飢矣。謹庠序之教，申之以孝悌之義，頒白者不
負戴於道路矣。七十者衣帛食肉，黎民不飢不寒，然而不王
者，未之有也。

後者所說具體的事，所謂仁政者是也，前者是說仁人之用
心，所以儒家的根本思想是仁，分別之為忠恕，而仍一以貫
之，如人道主義的名稱有誤解，此或可稱為人之道也。阮伯元
在《論語・論仁論》中云：

　　《中庸》篇，仁者人也。鄭康成注，讀如相人偶之人。相人
偶者謂人之偶之也，凡仁必於身所行者驗之而始見，亦必有二
人而仁乃見，若一人閉戶齋居，瞑目靜坐，雖有德理在心，終
不得指為聖門所謂之仁矣。蓋士庶人之仁見於宗族鄉黨，天子
諸侯卿大夫之仁見於國家臣民，同一相人偶之道，是必人與人
相偶而仁乃見也。

這裡解說儒家的仁很是簡單明瞭，所謂為仁直捷地說即是
做人，仁即是把他人當做人看待，不但消極的己所不欲，勿施
於人，還要以己所欲施於人，那就是己欲立而立人，己欲達而

達人，更進而以人之所欲施之於人，那更是由恕而至於忠了。章太炎先生在《菿漢微言》中云：

> 仲尼以一貫為道為學，貫之者何，只忠恕耳。諸言絜矩之道，言推己及人者，於恕則已盡矣。人食五穀，麋鹿食薦，即且甘帶，鴟鴉嗜鼠，所好未必同也，雖同在人倫，所好高下亦有種種殊異，徒知絜矩，謂以人之所好與之，不知適以所惡與之，是非至忠，焉能使人得職耶。盡忠恕者，是唯莊生能之，所云齊物即忠恕兩舉者也。二程不悟，乃云佛法厭棄己身，而以頭目腦髓與人，是以己所不欲施人也，誠如是者，魯養爰居，必以太牢九韶耶。以法施人，恕之事也，以財及無畏施人，忠之事也。

忠恕兩盡，誠是為仁之極致，但是頂峰雖是高峻，其根礎卻也很是深廣，自聖賢以至凡民，無不同具此心，各得應其分際而盡量施展，如阮君所言，士庶人之仁見於宗族鄉黨，天子諸侯卿大夫之仁見於國家臣民，有如海水中之鹽味，自一勺以至於全大洋，量有多少而同是一味也。還有一點特別有意義的，我們說到仁彷彿是極高遠的事，其實倒是極切實，也可以說是卑近的，因為他的根本原來只是人之生物的本能。焦理堂著《易餘龥錄》卷十二有一則云：

> 先君子嘗曰，人生不過飲食男女，非欲食無以生，非男女無以生生。唯我欲生，人亦欲生，我欲生生，人亦欲生生，孟

子好貨好色之說盡之矣。不必屏去我之所生，我之所生生，但不可忘人之所生，人之所生生。循學《易》三十年，乃知先人此言聖人不易。

案《禮記‧禮運篇》云：

飲食男女，人之大欲存焉，死亡貧苦，人之大惡存焉。

說的本是同樣的道理，但經焦君發揮，意更明顯。飲食以求個體之生存，男女以求種族之生存，這本是一切生物的本能，進化論者所謂求生意志，人也是生物，所以這本能自然也是有的。不過一般生物的求生是單純的，只要能生存便不問手段，只要自己能生存，便不惜危害別個的生存，人則不然，他與生物同樣的要求生存，但最初覺得單獨不能達到目的，須與別個連繫，互相扶助，才能好好的生存。

隨後又感到別人也與自己同樣的有好惡，設法圓滿的相處，前者是生存的方法，動物中也有能夠做到的，後者乃是人所獨有的生存道德，古人云：「人之所以異於禽獸者幾希，蓋即此也。」此原始的生存的道德。即為仁的根苗，為人類所同具，但是人心不同各如其面，各民族心理的發展也就分歧，或由求生存而進於求永生以至無生，如猶太印度之趨向宗教，或由求生存而轉為求權力，如羅馬之建立帝國主義，都是顯著的例子，唯獨中國固執著簡單的現世主義，講實際而又持中庸，所以只以共濟，即是現在說的爛熟了的共存共榮為目的，並

沒有什麼神異高遠的主張。從淺處說這是根據於生物的求生本能，但因此其根本也就夠深了，再從高處說，使物我各得其所，是聖人之用心，卻也是匹夫匹婦所能著力，全然順應物理人情，別無一點不自然的地方。

我說健全的思想便是這個緣故。這又是從人的本性裡出來的，與用了人工從外邊灌輸進去的東西不同，所以讀書明理的士人固然懂得更多，就是目不識一丁字，並未讀過一句聖賢書的老百姓也都明瞭，待人接物自有禮法，無不合於聖賢之道，我說可以樂觀，其原因即在於此。中國人民思想本於儒家，最高的代表自然是孔子，但是其理由並不是因為孔子創立儒家，殷殷傳道，所以如此，無寧倒是翻過來說，因為孔子是我們中國人，所以他代表中國思想的極頂，即集大成也。國民思想是根苗，政治教化乃是陽光與水似的養料，這固然也重要，但根苗尤其要緊，因為屬於先天的部分，或壞或好，不是外力所能容易變動的。中國幸而有此思想的好根苗，這是極可喜的事，在現今百事不容樂觀的時代，只這一點我覺得可以樂觀，可以積極的宣告，中國的思想絕對沒有問題。

不過樂觀的話是說過了，這裡面卻並不是說現在或將來沒有憂慮，沒有危險。俗語說：有一利就有一弊，在中國思想上也正是如此。但這也是難怪的，民非水火不生活，而洪水與大火之禍害亦最烈，假如對付的不得法，往往即以養人者害人，

中國國民思想我們覺得是很好的，不但過去時代相當的應付過來了，就是將來也正可以應用，因為世界無論怎麼轉變，人總是要做的，而做人之道也總還是求生存，這裡與他人共存共榮也總是正當的辦法吧。不過這說的是正面，當然還有其反面，而這反面乃是可憂慮的，中國人民生活的要求是很簡單的，但也就很切迫，他希求生存，他的生存的道德不願損人以利己，卻也不能如聖人的損己以利人。

　　別的宗教的國民會得夢想天國近了，為求永生而蹈湯火，中國人沒有這樣的信心，他不肯為了神或為了道而犧牲，但是他有時也會蹈湯火而不辭，假如他感覺生存無望的時候，所謂鋌而走險，急將安擇也。孟子說：仁政以黎民不飢不寒為主，反面便是仰不足以事父母，俯不足以畜妻子，樂歲終身苦，凶年不免於死亡，則是喪亂之兆，此事極簡單，故述孔子之言曰：「道二，仁與不仁而已矣。」仁的現象是安居樂業，結果是太平，不仁的現象是民不聊生，結果是亂。這裡我們所憂慮的事，所說的危險，已經說明了，就是亂。

　　我嘗查考中國的史書，體察中國的思想，於是歸納的感到中國最可怕的是亂，而這亂都是人民求生意志的反動，並不由於什麼主義或理論之所導引，乃是因為人民欲望之被阻礙或不能滿足而然。我們只就近世而論，明末之張李，清季之洪楊，雖然讀史者的批評各異，但同為一種動亂，其殘毀的經過至今

猶令談者色變，論其原因也都由於民不聊生，此實足為殷鑑。中國人民平常愛好和平，有時似乎過於忍受，但是到了橫決的時候，卻又變了模樣，將原來的思想態度完全拋在九霄雲外，反對的發揮出野性來，可是這又怪誰來呢？

俗語云：「相罵無好言，相打無好拳。」以不仁召不仁，不亦宜乎。現在我們重複的說，中國思想別無問題，重要的只是在防亂，而防亂則首在防造亂，此其責蓋在政治而不在教化。再用孟子的話來說，我們的力量不能使七十者衣帛食肉，黎民不飢不寒，也總竭力要使得不至於仰不足以事父母，俯不足以畜妻子，樂歲終身苦，凶年不免於死亡。不去造成亂的機會與條件，這雖是消極的工作，俱其功驗要比肅正思想大得多，這雖然與西洋外國的理論未必合，但是從中國千百年的史書裡得來的經驗，至少在本國要更為適切相宜。

過去的史書真是國家之至寶，在這本總帳上國民的健康與疾病都一一記錄著，看了流寇始末，知道這中了什麼毒，但是想到王安石的新法反而病民，又覺得補藥用的不得法也會致命的。古人以史書比作鏡鑑，又或冠號曰資治，真是說的十分恰當。我們讀史書，又以經子詩文均作史料，從這裡直接去抽取結論，往往只是極平凡的一句話，卻是極真實，真是國家的脈案和藥方，比偉大的高調空論要好得多多。曾見《老學庵筆記》卷一有一則云：

　　青城山上官道人，北人也，巢居，食松麨，年九十矣，人有謁之者，但粲然一笑耳，有所請問，則託言病聵，一語不肯答。予嘗見之於丈人觀道院，忽自語養生曰：「為國家致太平與長生不死，皆非常人所能然，且當守國使不亂，以待奇才之出，衛生使不夭，以須異人之至，不亂不夭，皆不待異術，唯謹而已。」予大喜，從而叩之，則已復言聵矣。

　　這一節話我看了非常感服，上官道人雖是道士，不夭不亂之說卻正合於儒家思想，是最小限度的政治主張，只可惜言之非艱、行之維艱耳。我嘗嘆息說，北宋南宋以至明的季世差不多都是成心在做亂與夭，這實在是件奇事，但是輾轉仔細一想，現在何嘗不是如此，正如路易十四（Louis XIV）明知洪水在後面會來，卻不設法為百姓留一線生機，伸得大家有生路，豈非天下之至愚乎？書房裡讀《古文析義》，杜牧之〈阿房宮賦〉末了云：「秦人不暇自哀，而後人哀之，後人哀之而不鑑之，亦使後人而復哀後人也」，當時琅琅然誦之，以為聲調至佳，及今思之，乃更覺得意味亦殊深長也。

　　上面所說，意思本亦簡單，只是說得囉嗦了，現在且總括一下。我相信中國的思想是沒有問題的，因為他有中心思想永久存在，這出於生物的本能，而止於人類的道德，所以是很堅固也很健全的。別的民族的最高理想有的是為君，有的是為神，中國則小人為一己以及宗族，君子為民，其實還是一物。

這不是一部分一階級所獨有，乃是人人同具，只是廣狹程度不同，這不是聖賢所發起，逐漸教化及於眾人，乃是倒了過來，由眾人而及於聖賢，更益提高推廣的。因為這個緣故，中國思想並無什麼問題，只須設法培養他，使他正當長發便好。

但是又因為中國思想以國民生存為本，假如生存有了問題，思想也將發生動搖，會有亂的危險，此非理論主義之所引起，故亦非文字語言所能防遏。我這樂觀與悲觀的兩面話，恐怕有些人會不以為然，因為這與外國的道理多有不合。但是我相信自己的話是極確實誠實的，我也曾虛心的聽過外國書中的道理，結果是只接受了一部分關於宇宙與生物的常識，若是中國的事，特別是思想生活等，我覺得還是本國人最能知道，或者知道的最正確。

我不學愛國者那樣專採英雄賢哲的言行做例子，但是觀察一般民眾，從他們的庸言庸行中找出我們中國人的人生觀，持與英雄賢哲比較，根本上亦仍相通，再以歷史中治亂之跡印證之，大旨亦無乖謬，故自信所說雖淺，其理頗正，識者當能辨之。陳舊之言，恐多不合時務，即此可見其才之拙，但於此亦或可知其意之誠也。

三十一年十一月十八日

關於寬容

十七世紀的一個法國貴族寫了五百多條格言，其中有一則云：寬仁在世間當作一種美德，大抵蓋出於我慢，或是懶，或是怕，也或由於此三者。這話說的頗深刻，有點近於誅心之論，其實倒是事實亦未可知。有些故事記古人度量之大，多很有意思，今抄錄兩則於後：

南齊沈麟士嘗出行，路人認其所著屐。麟士曰：「是卿屐耶？」即跣而反。其人得屐，送而還之。麟士曰：「非卿屐耶？」復笑而受。

宋富鄭公弼少時，人有罵者。或告之曰：「罵汝。」公曰：「恐罵他人。」又曰：「呼君名姓，豈罵他人耶。」公曰：「恐同姓名者。」罵者聞之大慚。

這兩件事都很有風趣，所以特別抄了出來，作為例子。他們對於這種橫逆之來輕妙的應付過去，但是心裡真是一點都沒有覺得不愉快的嗎？這未必然，大概只是不屑計較而已。不屑者就是覺得不值得，這裡有了彼我高下的衡量之見，便與虛舟之觸截然不同，不值得云者蓋即是尊己卑人，亦正是我慢也。

我在北京市街上行走，嘗見紳士戴獺皮帽，穿獺皮領大衣，銜紙菸，坐車上，在前門外熱鬧衚衕裡岔車，後面車夫誤

以車把叉其領，紳士略一回顧，仍晏然吸菸如故。又見洋車疾馳過，吆喝行人靠邊，有賣菜傭擔兩空筐，不肯避道，車輪與一筐相碰，筐略旋轉，傭即歇擔大罵，似欲得而甘心者。豈真紳士之度量大於賣菜傭哉，其所與爭之對象不同故也。紳士固不喜有人從後叉其領，但如叉者為車夫，即不屑與之計較，或其人亦為紳士之戴皮帽攜手杖者，則亦將如傭之歇擔大罵，總之未必肯干休矣。

賣菜傭並非對於車夫特別強硬，以二者地位相等，甲被乙碰，空筐旋轉，如不能抗議，將名譽掃地，正如紳士之為其同輩所辱，欲儲存其架子非力鬥不可也。大度弘量，均是以上對下而言，其原因大抵可歸於我慢，若以下對上，忍受橫逆，乃是無力反抗，其原因當然全由於怕，蓋不足道，唯由於懶者殊不多見，如能有此類例子，其事其人必大有意思，惜乎至今亦尚無從徵實耳。

對人寬大，此外還有一種原因，雖歸根亦是我慢，卻與上面所說略有不同，便是有備無患之感，亦可云自恃。這裡最好的例子是有武藝的人，他們不怕人家的攻擊，不必太斤斤較量，你們儘管來亂捶幾下，反正打不傷他，到了必要時總有一手可以制住你的，而且他又知道自己的力量，看一般乏人有如初出殼的小雞兒，用手來捏時生怕一不小心會得擠壞了，因此只好特別用心謹慎。

這樣的人大家大概都曾遇見過，我所知道得最清楚的有一位姓姚的，是外祖母家的親戚，名為嘉福綱司。山陰縣西界錢塘江，會稽縣東界曹娥江，北為大海，海邊居民駕蜑船航海，通稱船主為綱司，綱或作江，無可考定。其時我年十三四，姚君年約四十許，樸實寡言，眼邊紅潤，云為海風所吹之故，能技擊，而性特謙和，唯為我們談海濱械鬥，挑起鸚哥燈點兵事，亦復虎虎有生氣，可惜那時候年少不解事，不曾詢問鸚哥燈如何挑法，至今以為恨。姚君的態度便是如我們上面所說的那樣，彷彿是視民如傷的樣子，毋我負人，寧人負我，不到最後是不還手的。

不過這裡很奇怪的是，關於自己是這樣極端消極的取守勢，有時候為了不相干的別人的事，打抱不平起來，卻會得突然的取攻勢，現出俠客的本色。有一天，他照例穿著毛藍布大褂，很長的黑布背心，手提毛竹長煙管，在鎮塘殿棟樹下一帶的海塘上走著。這塘路是用以劃分內河外海的，相當的寬且高，路平泥細，走起來很是舒服。他走到一處，看見有兩個人在塘上廝打，某甲與某乙都是他認識的，不過他們打得正忙卻沒有看見他。不久某乙被摔倒了，某甲還彎下腰去打他，這是犯了規律了，姚君走過去，用手指在某甲的尾閭骨上一挑，他便一個觔斗翻到塘外去了。某乙忽然不見了打他的人，另外一個人拿著長煙管揚長的在塘上走，有點莫名其妙。只好茫然回

去，至於掉到海裡去的人，淹死也是活該，恐怕也是不文的規律上所有的，沒有人覺得不對，可是恰巧他識水性，所以自己爬上岸來，也逃出了性命。

過了幾天之後，姚君在鎮塘殿的茶店裡坐，聽見某甲也在那裡講他的故事，承認自己犯規打人，被不知哪一個內行人挑下海裡去，逃得回來實是僥倖。姚君聽了一聲不響，喝茶完了，便又提了煙管走了回來。我聽姚君自己講這件事，大約就在那一年裡，以後時常記起，更覺得他很有意思，此不獨可以證明外表謙虛者正以其中充實故，又技擊雖小道，習此者大都未嘗學問，而規律井井，作止有度，反勝於士大夫，更令人有禮失而求諸野之感矣。

此外還有兩件事，都見於《史記》，因為太史公描寫得很妙，所以知道的人非常多。這是關於張良和韓信的：

良嘗閒從容步遊下邳圯上，有一老父，衣褐，至良所，直墮其履圯下，顧謂良曰：「孺子，下取履。」良愕然，欲毆之，為其老強忍下取履。父曰：「履我。」良業為取履，因長跪履之。父以足受，笑而去。良殊大驚，隨目之。

淮陰屠中少年有侮信者，曰：「若雖長大，好帶刀劍，中情怯耳。」眾辱之曰：「信能死，刺我，不能死，出我胯下。」於是信熟視之，俯出胯下，蒲伏，一市人皆笑信以為怯。

　　這裡形容得活靈活現，原是說書人的本領，卻也很合情理的。張韓二君不是儒家人物，他們所遇見的至少又是平輩以上的人，卻也這麼忍受了，大概別有理由。張良狙擊始皇不中，避難下邳，報仇之志未遂，遇著老父開玩笑，照本常的例他是非打不可的了，這裡卻停住了手，為什麼呢？豈不是為的怕小不忍則亂大謀嗎？書中說為其老，固然是太史公的掉筆頭，在文章上卻也更富於人情味。

　　至於韓信，他被豬店夥計當眾侮辱，很有點像楊志碰著了潑皮牛二，這在他也是忍受不下去的事，可是據說他熟視一番也就爬出胯下，可見其間不無勉強。太史公云：「淮陰人為余言韓信，雖為布衣時，其志與眾異。」那麼他的忍辱也是有由來的了。在抱大志謀大事的人，往往能容忍較小的榮辱，這與一般所謂大度的人，以自己的品格作衡量容忍小人物，雖然情形稍有不同，但是同樣的以我慢為基本，那是無可疑的。

　　我看書上記載古人的盛德，讀下去常不禁微笑，心裡想道，這位先生真傲慢得可以，他把這許多人兒都不放在眼裡，或者是一口吞下去了。俗語有云：「宰相肚裡好撐船。」這豈不說明他就是吞舟之魚嗎？像法國格言家那麼推敲下去，這一班傲慢的仁兄們的確也並不見得可喜，而爭道互毆的挑夫倒反要天真得多多，不過假如真是滿街的毆罵，也使人不得安寧，所以一部分主張省事的人卻也不可少，不過稱之曰盛德，有點像

是幽默，我想在本人聽了未免暗地裡要覺得好笑吧。印度古時學道的人，有羼提這一門，具如《忍辱度無極經》中所說，那是別一路，可以說爐火純青，為吾輩凡夫所不能及，既是門檻外的事，現在只好不提了。

民國三十四年一月，小寒節中

醫師禮讚

　　宋朝的范仲淹有一句話，表示他的志願，說不為良相則為良醫。這句話很是普通，知道的人很多，但是我覺得很喜歡，也極可佩服。《史記》曾云：「國亂則思良相」，這本來是極重要的，如今把他與良醫連在一起來說，我覺得有意思的就在這裡。政治與醫學，二者之間蓋有相通之處，據我想來，醫生未必須學政治家的做法，或者大政治家須得有醫師的精神這才真能偉大吧。我喜歡翻閱世界醫學史，裡面多有使我們感激奮發的事。我常想醫療或是生物的本能，如犬貓之自舐其創是也，但其發展為活人之術，無論是用法術或方劑，總之是人類文化之一特色，雖然與梃刃同是發明，而意義迥殊，中國稱蚩尤作五兵，而神農嘗藥辨性，為人皇，可以見矣。

　　醫學史上所記便多是這些仁人之用心，不過大小稍有不同，我想假如人類要找一點足以自誇的文明證據，大約只可求之於這方面吧。據史家伊略脫斯密士在《世界之初》中說：創始耕種灌溉的人成為最初的王，在他死後便被尊崇為最初的神，還附有五千多年前的埃及石刻劃，表示古聖王在開掘溝渠，這也說的很有意思。案神農氏在中國正是極好的例子，他教民稼穡，又發明醫藥，農固應為神，良醫又與良相並重，可知醫之尊，良相云者即是諱言王耳。由此觀之，政治的原始的

準則是仁政，政治家也須即是仁人，無論其為巫，為農或為醫，都是一樣，但是我們現在所談則只是關於醫的一方面，所以別的事情也就暫且不提了。

　　講到醫師的偉大精神，第一想起來的是古來所謂希波克拉底（Hippocrates）之誓願。希氏生於希臘，稱醫藥之父，生當中國周代，與聶政同時，有集六十篇傳於世，基督前三世紀初所編成，距屈原懷沙之年蓋亦不遠也。〈誓願〉為集中之一篇，分為兩部分。其一是尊師。他當視教他的人有如父母，與之共生活，如有必要當供給之，當視其子如己子，如願學醫者當教誨之，沒有報酬或契約。其二是醫生的本分。他當盡心力為病家處方療養，不為損害之事，不予人以毒藥，即使有人請求，亦不參與商榷，不與婦女墮胎。凡所見聞關於人生的事，在行醫時或其他時所知，而不當在外張揚者，嚴守祕密。如〈誓願〉中說及，總之他當保守他的生活與技術之聖潔。這並不是宗教的宣誓，其意義只是世俗的，而其精神卻至偉大，此誓願與文句未必真是希氏所定，但顯然承受他的精神，傳至後世一直為醫師行業的教訓。

　　官吏就職也有宣誓的儀式，我們聽得很多，與這個相比便顯得是遊戲，只是跳加官而已。其次，近代醫學上消毒的成功即是仁術之一證明。我曾讚嘆說，巴斯德（Pasteur）從啤酒的研究知道了黴菌的傳染，這影響於人類福利者有多麼大，單就

外科、傷科、產科來說，因了消毒的施行，一年中要救助多少人命，以功德論，恐怕十九世紀的帝王將相中沒有人可以及得他來。這應用在內科上，接種的療法大為發達，從前只有牛痘一法可防天花，現在則向來所恐懼的傳染病大抵可以預防，黴菌學者的功勞的確不小。還有生理學的研究與病理學一同進步，造出好些藥餌如維他命與訶耳蒙，與其說藥石無寧稱為補劑，去病亦轉為養生，這種新的方劑有益於身體，新的觀念也於人心上同樣的有益。《老學庵筆記》有一則記事云：

青城山上官道人，北人也，巢居，食松麨，年九十矣，人有謁之者，但粲然一笑耳，有所請問，則託言病瘖，一語不肯答。予嘗見之於丈人觀道院，忽自語養生曰：「為國家致太平與長生不死，皆非常人所能然，且當守國使不亂，以待奇才之出，衛生使不夭，以須異人之至，不亂不夭，皆不待異術，唯謹而已。」予大喜，從而叩之，則已復言瘖矣。

養生之道通於治國，殆是道家的學說，這裡明瞭的說出，而歸結於謹之一字，在中國尤為與政治的病根適合。這種思想不算新了，卻是合於學理的，補固是開源，謹亦是節流，原是殊途而同歸也。

醫師與政治家一樣，所要的資格與條件是學問與經驗，見識與道德，這末一件列在最後卻是最要。俗語云：醫生有割股之心，率直的說得好，股固可不必割，但根本上是利他的事，所

以這種心也不可無，不過此未免稍近於佛教的，而不是儒道的說法耳。也有醫師其道德卻近於科學的。嘗見有西國醫生，遇老嫗生瘤求割治，無力付給施療病室的每天一角五分的飯錢，方欲辭去，醫生苦留不得，乃為代付七天的飯錢一元另五分，住院治訖始縱之去。他何為必欲割此風馬牛之贅疣，豈將自記陰功乎？殆因看著可割之瘤而不令割去，殊覺得不好過，故必欲割之而後快，古人或稱為技癢，實則謂其本於技術的道德亦可也。

診察疾病，以學問經驗合而斷之，至於如何處分，則須有見識為主，或須立即開刀，即不能以現今倦怠，延至後日，養癰貽患，又或須先加靜養，亦不能急功近利，妄下刀圭，揠苗助長，此既需有識力，而利他的宗旨為之權衡，乃尤為重要。其實一切人類文化悉當如是，今乃獨見之於醫術，其原因固亦由於醫師之用心，在他方面雖與宗旨違失，禍及生民，所在多有，卻沒有病人死在面前，證明藥石之誤下，故人多不覺，主者乃得漏網耳。單就這一點看來，醫師之可尊過於一般士大夫，蓋已顯然可知矣。

我這裡禮讚醫師，所讚的醫師當然以良醫為限，那是沒有問題的。所謂良醫有兩個意思，其一是能醫好病的醫生。醫生的本領原來是在於醫病，但未必全都能醫好，這也是無可如何，最怕的是反而醫出病來，那就總不能算是良醫了。這樣的醫生卻是古已有之，如《笑得好》有一則云：

一醫家遷居，辭鄰舍曰，向忝鄰末，目今遷居，無物可為別敬，每位奉藥一服。鄰人辭以無病，醫人曰，你只吃了我的藥，自然有病了。

其次的良醫是良善的醫生。醫師能醫得好病，那是很好的了，假如他要大敲竹槓，也就不見得可以禮讚，這種醫生在《笑林》裡不見提及，所以現在無例可引。為什麼不見於笑話裡呢？這個理由誰知道，大概是因為不覺得可笑，大家只是有點怕他罷了。還有一層，我所謂醫指的是現代受過科學訓練的醫生，別的不算在內，這也須得附帶的說明一句。

心中

三月四日北京報上載有日本人在西山旅館情死事件,據說
女的是朝日軒的藝妓名叫來香,男的是山中商會店員一鵬。這
些名字聽了覺得有點希奇,再查《國民新報》的英文部才知道,
來香乃是梅香(Umeka)之誤,這是所謂藝名,本名日向信子,
年十九歲,一鵬是伊藤傳三郎,年二十五歲。情死的原因沒有
明白,從死者的身分看來,大約總是彼此有情,而因種種阻礙
不能如願,與其分離而生不如擁抱而死,所以這樣地做的罷。

這種情死在中國極少見,但在日本卻很是平常,據佐佐醒
雪的《日本情史》(可以稱作日本文學上的戀愛史論,與中國的
《情史》性質不同,一九○九年出板)說,南北朝(十四世紀)
的《吉野拾遺》中記裡村主稅家從人與侍女因失了託身之所,
走入深山共伏劍而死,六百年前已有其事。

這一對男女相語曰:「今生既爾不幸,但願得來世永遠
相聚。」這就成為元祿式情死的先蹤。自南北朝至足利時代
(十五六世紀)是那個「二世之緣」的思想逐漸分明的時期,到
了近世,寬文(西元 1661 - 1672 年)前後的伊豫地方的俗歌
裡也這樣的說著了:

「幽暗的獨木橋,郎若同行就同過去罷,掉了下去一同漂
流著,來世也是在一起。」

　　元祿時代（西元 1688 － 1793 年）於驕奢華靡之間尚帶著殺伐的蠻風，有重果敢的氣象，又加上二世之緣的思想，自有發生許多悲慘的情死事件之傾向。

　　這樣的情死日本通稱「心中」（Shinju）。雖然情死的事實是「古已有之」，在南北朝已見諸記載，但心中這個名稱卻是德川時代的產物。本來心中這一個字的意義就是如字講，猶云衷情，後來轉為表示心跡的行為，如立誓書，刺字剪髮等。寬文前後在遊女社會中更發現殺伐的心中，即拔爪，斬指，或刺貫臂股之類，再進一步自然便是以一死表明相愛之忱，西鶴稱之曰「心中死」（Shinjujini），在近松的戲曲中，則心中一語幾乎限於男女二人的情死了。這個風氣一直流傳到現在，心中也就成了情死的代用名詞。

　　立誓書現在似乎不通行了。尾崎久彌著《江戶軟派雜考》中根據古本情書指南《袖中假名文》引有一篇樣本，今譯錄於後：

盟誓

　　今與某人約為夫婦，真實無虛，即使父母兄弟無論如何梗阻，決不另行適人，倘若所說稍有虛偽，當蒙日本六十餘州諸神之罰，未來永遠墮入地獄，無有出時。須至盟誓者。

　　年號月日

　　女名（血印）　　　某人（男子名）

中國舊有《青樓尺牘》等書，不知其中有沒有這一類的東西。

近松是日本最偉大的古劇家，他的著作由我看來，似乎比中國元曲還有趣味。他所做的世話《淨琉璃》（社會劇）幾乎都是講心中的，而且他很同情於這班痴男怨女。眼看著他們被挾在私情與義理之間，好像是弶上的老鼠，反正是賺不脫，只是拖延著多加些苦痛，他們唯一的出路單是「死」，而他們的死卻不能怎麼英雄的又不是超脫的，他們的「一蓮託生」的願望實在是很幼稚可笑的，然而我們非但不敢笑他，還全心的希望他們大願成就，真能夠往生佛土，續今生未了之緣。這固然是我們凡人的思想，但詩人到底也只是凡人的代表，況且近松又是一個以慰藉娛悅民眾為事的詩人，他的詠嘆心中正是當然事。

據說近松的《淨琉璃》盛行以後民間的男女心中事件大見增加，可以想見他的勢力。但是真正鼓吹心中的藝術還要算《淨琉璃》的別一派，即是新內節（Shinnai-bushi）。新內節之對於心中的熱狂的嚮往幾乎可以說是病態的，不管三七二十一的唯以一死為歸宿，新吉原的遊女聽了遊行的新內派的悲歌，無端的引起了許多悲劇，政府乃於文化初年（十九世紀初）禁止新內節不得入吉原，唯於中元許可一日，以為盂蘭盆之供養，直至明治維新這才解禁。新內節是一種曲，且說且唱，翻譯幾不可能，今姑摘譯《藤蔓戀之柵》末尾數節，以為心中男女之迴向。此篇係鶴賀新內所作，敘藤屋喜之助與菱野屋遊女早衣

的末路，篇名係用喜之助的店號藤字敷衍而成，大約是一七七
○年頃之作云。（據《江戶軟派雜考》）

　　世上再沒有像我這樣苦命的人，五六歲的時候死了雙親，
只靠了一個哥哥，一天天的過著艱難的歲月，到後來路盡山
窮，直落得賣到這裡來操這樣的行業。動不動就挨老鴇的責
罵，算作稚妓出來應接，徹夜的擔受客人的凌虐，好容易換下
淚溼的長袖，到了成年，找到你一個人做我的終身的倚靠。即
使是在荒野的盡頭，深山的裡面，怎樣的貧苦我都不厭，我願
親手煮了飯來大家吃。樂也是戀，苦也是要戀，戀這字說的很
明白：戀愛就只是忍耐這一件事。——　太覺得可愛了，一個
人便會變了極風流似的愚痴。管盟誓的諸位神明也不肯見聽。
反正是總不能配合的因緣，還不如索性請你一同殺了罷！說到
這裡，袖子上已成了眼淚的積水潭，男子也舉起含淚的臉來，
叫一聲早衣，原來人生就是風前的燈火，此世是夢中的逆旅，
願只願是未來的同一個蓮花座。聽了他這番話，早衣禁不住落
下歡喜淚。息在草葉之陰的爹媽，一定是很替我高興罷，就將
帶領了我的共命的丈夫來見你。請你們千萬不要怨我，恕我死
於非命的罪孽。閻王老爺若要責罰，請你們替我謝罪。枯天老
爺、釋迦老爺都未必棄捨我罷？我願在旁邊侍候，朝朝暮暮，
虔心供奉茶湯香花，消除我此生的罪障。南無祐天老爺，釋迦
如來！請你救助我罷。南無阿彌陀佛！〔祐天上人係享保時代
（十八世紀初）人，為淨土宗中興之祖，江戶人甚崇敬，故遊女
遂將他與釋迦如來混在一起了。〕

　　木下杢太郎（醫學博士太田正雄的別號）在他的詩集《食後之歌》序中說及「那鄙俗而充滿著眼淚的江戶平民藝術」，這種《淨琉璃》正是其一，可惜譯文不行，只能述意而不能儲存原有的情趣了。二世之緣的思想完全以輪迴為根基，在唯物思想興起的現代，心中男女恐不復能有蓮花臺之慰藉，未免益增其寂寞，但是去者仍大有人在，固亦由於經濟迫壓，一半當亦如《雅歌》所說由於「愛情如死之堅強」歟。中國人似未知生命之重，故不知如何善捨其生命，而又隨時隨地被奪其生命而無所愛惜，更未知有如死之堅強的東西，所以情死這種事情在中國是絕不會發見的了。

　　鼓吹心中的祖師豐後掾據說終以情死。那麼我也有點兒喜歡這個玩意兒嗎？或者要問。「不，不。一點不。」

十五年，三月六日

　　見三月七日的日文《北京週報》(199)，所記稍詳，據云女年十八歲，男子則名伊藤榮三郎，死後如遺書所要求合葬朝陽門外，女有信留給她的父親，自嘆命薄，並諄囑父母無論如何貧苦勿再將妹子賣為藝妓。榮三郎則作有俗歌式的絕命詞一章，其詞曰：

　　交情愈深，便覺得這世界愈窄了。雖說是死了不會開花結實，反正活著也不能配合，還有什麼可惜這兩條的性命。

　　《北京週報》的記者在卷頭語上頗有同情的論調，但在《北京村之一點紅》的記事裡想像的寫男女二人的會話，不免有點「什匿克」（這是孤桐社主的 Cynic 一字的譯語）的氣味，似非對於死者應取的態度。中國人不懂情死，是因為大陸的或唯物主義的之故，這說法或者是對的；日本人到中國來，大約也受了唯物主義的影響了罷，所以他們有時也似乎覺得奇怪起來了。

關於失戀

　　王品青君是陰曆八月三十日在河南死去的，到現在差不多就要百日了，春蕾社諸君要替他出一個特刊，叫我也來寫幾句。我與品青雖是熟識，在孔德學校上課時常常看見，暇時又常與小峰來苦雨齋閒談，夜深回去沒有車僱，往往徒步走到北河沿，但是他沒有對我談過他的身世，所以關於這一面我不很知道，只聽說他在北京有戀愛關係而已。

　　他的死據我推想是由於他的肺病，在夏天又有過一回神經錯亂，從病院的樓上跳下來，有些人說過這是他的失戀的結果，或者是真的也未可知，至於是不是直接的死因我可不能斷定了，品青是我們朋友中頗有文學的天分的人，這樣很年青地死去，是很可惜也很可哀的，這與他的失不失戀本無關係，但是我現在卻就想離開了追悼問題而談談他的失戀。

　　品青平日大約因為看我是有須類的人，所以不免有點歧視，不大當面講他自己的事情，但是寫信的時候也有時略略提及。我在信堆裡找出品青今年給我的信，一共只有八封，第一封是用「隋高子玉造像碑格」箋所寫，文曰：

　　這幾日我悲哀極了，急於想尋個躲避悲哀的地方，曾記有一天，在苦雨齋同桌而食的有一個朋友，是京師第一監獄的管

理員，先生可以託他設法開個特例，把我當作犯人一樣收進去，度一度那清素的無情的生活嗎？不然，我就要被柔情纏死了呵！品青，一月二十六日夜十二時。

我看了這封信有點摸不著頭緒，不知所說的是凶是吉，當時就寫了一點回覆他，此刻也記不起是怎樣說的了。不久品青就患盲腸炎，進醫院去，接著又是肺病，到四月初才出來，寄住在東皇城根友人的家裡。他給我的第二封信便是出醫院後所寫，日期是四月五日，共三張，第二張云：

這幾日我竟能起來走動了，真是我的意料所不及。然到底像小孩學步，不甚自然。得閒肯來寓一看，亦趣事也。

在床上，我的世界只有床帳以內，以及與床帳相對的一間窗戶。頭一次下地，才明白了我的床的位置，對於我的書箱書架，書架上的幾本普通的破書，都彷彿很生疏，還得重新認識一下。第二回到院裡晒太陽，明白了我的房的位置，依舊是西廂，這院落從前我沒有到過，自然又得認識認識。就這種情形看來，如生命之主不再太給我過不去，則於桃花落時，總該能去重新認識鳳凰磚和滿帶雨氣的苦雨齋小橫幅了吧？那時在孔德教員室重新共吃瓦塊魚自然不成問題。

這時候他很是樂觀，雖然末尾有這樣一節話，文曰：

這封信剛寫完，接到四月一日的《語絲》，讀第十六節的「閒話拾遺」，頗覺暢快。再談。

所謂「閒話拾遺」十六是我譯的一首希臘小詩，是無名氏所作，戲題曰〈戀愛偈〉，譯文如下：

不戀愛為難，

戀愛亦復難。

一切中最難，

是為能失戀。

四月二十日左右我去看他一回，覺得沒有什麼，精神興致都還好，二十二日給我信說，託交民衛生試驗所去驗痰，云有結核菌，所以「又有點悲哀」，然而似乎不很厲害。信中說：

肺病本是富貴人家的病，卻害到我這又貧又不貴的人的身上。肺病又是才子的病，而我卻又不像□□諸君常要把它寫出來。真是病也倒楣，我也倒楣。

今天無意中把上頭這一片話說給□□，她深深刺了我一下，說我的脾氣我的行為簡直是一個公子，何必取笑才子們呢？我接著說，公子如今落魄了，聽說不久就要去作和尚去哩。再談。

四月三十日給我的第六封信還是很平靜的，還講到維持《語絲》的辦法，可是五月初的三封信（五日兩封，八日一封）忽然變了樣，疑心友人們（並非女友）對他不好，大發脾氣。五日信的起首批註道：「到底我是小孩子，別人對我只是表面，

我全不曾理會。」八日信末云：「人格學問，由他們罵去吧，品青現在恭恭敬敬地等著承受。」這時候大約神經已有點錯亂，以後不久就聽說他發狂了，這封信也就成為我所見的絕筆。那時我在《世界日報》附刊上發表一篇小文，《論曼殊與百助女史的關係》，品青見了說我在罵他，百助就是指他，我怕他更要引起誤會，所以一直沒有去看他過。

　　品青的死的原因我說是肺病，至於發狂的原因呢，我不能知道。據他的信裡看來，他的失戀似乎是有的罷。倘若他真為失戀而發了狂，那麼我們只能對他表示同情，此外沒有什麼說法。有人要說這全是別人的不好，本來也無所不可，但我以為這一半是品青的性格的悲劇，實在是無可如何的。我很同意於某女士的批評，友人「某君」也常是這樣說，品青是一個公子的性格，在戲曲小說上公子固然常是先落難而後成功，但是事實上卻是總要失敗的。公子的缺點可以用聖人的一句話包括起來，就是「既不能令，又不受命」。在舊式的婚姻制度裡這原不成什麼問題，然而現代中國所講的戀愛雖還幼稚到底帶有幾分自由性的，於是便不免有點不妥：我想戀愛好像是大風，要當得她住只有學那橡樹（並不如伊索所說就會折斷）或是蘆葦，此外沒有法子。譬如有一對情人，一個是希望正式地成立家庭，一個卻只想浪漫地維持他們的關係，如不在適當期間有一方面改變思想，遷就那一方面，我想這戀愛的前途便有障礙，

難免不發生變化了。

品青的優柔寡斷使他在朋友中覺得和善可親，但在戀愛上恐怕是失敗之原，我們朋友中之□□大抵情形與品青相似，他卻有決斷，所以他的問題就安然解決了。本來得戀失戀都是極平常的事，在本人當然覺得這是可喜或是可悲，因失戀的悲劇而入於頹廢或轉成超脫也都是可以的，但這與旁人可以說是無關，與社會自然更是無涉，別無大驚小怪之必要，不過這種悲劇如發生在我們的朋友中間，而且終以發狂與死，我們自不禁要談論嘆息，提起他失戀的事來，卻非為他聲冤，也不是加以非難，只是對於死者表示同情與悼惜罷了。

至於這事件的詳細以及曲直我不想討論，第一是我不很知道內情，第二因為戀愛是私人的事情，我們不必干涉，舊社會那種薩滿教的風化的迷信我是極反對的；我所要說的只在關於品青的失戀略述我的感想，充作紀念他的一篇文字而已。——但是，照我上面的主張看來，或者我寫這篇小文也是不應當的，是的，這個錯我也應該承認。

關於孟母

　　民國二十三年十二月三十日，通縣女子師範學校禮堂落成兼開新年同樂會，請關麟徵、焦實齋、徐祖正諸位先生去講演，我也被拉在裡面。諸位先生各就軍事、外交、教育有所發揮，就只是我沒有辦法。我原是棄武就文的，可是半路出家終未得道，弄成所謂稂不稂莠不莠的樣子，所以簡直沒有什麼專門話可說。但是天無絕人之路，忽然記起華光女子中學所扮演的六女傑，又想起兩句《三字經》裡的文句，臨時就湊了起來，敷衍過去三十分鐘。

　　這題目可以叫做「賦得孟母」。我說，中國現在需要怎樣女子呢？這就是孟母那樣的。華光女中所扮的六女傑可以代表一般青年的心理，在我看去卻很有可商之處。嫘祖再有是不可能，武則天與王昭君在現今都是同樣地不需要，而且有了也反不好，班昭《女誡》實為《女兒經》之祖母，不值得尊崇。餘下是兩位女軍人，花木蘭，梁紅玉還是秦良玉呢，總之共有兩位，可見人心之所歸向了。不過我以為中國要打仗似男子還夠用，到不夠用時要用女子或亦不得已，但那時中國差不多也就要完了。女軍人與殉難的忠臣一樣我想都是亡國時期的裝飾，有如若干花圈，雖然華麗卻是不吉祥的，平常人家總不希望它有。講到底這六女傑本身因為難得所以也是可貴，在現今中國

卻並沒有大好處，即使她們都再出現。據我想現在中國所需要的倒還是孟母。《三字經》上說：

昔孟母，擇鄰處，

子不學，斷機杼。

這種懂得教育的女子實在是國家的臺柱子。還有一層，孟母懂得情理。《列女傳》卷一云：

孟子既娶，將入私室，其婦袒而在內，孟子不悅，遂去不入，婦辭孟母而求去。……於是孟母召孟子而謂之曰：「夫禮，將入門，問孰存，所以致敬也，將上堂，聲必揚，所以戒人也，將入戶，視必下，恐見人過也。今子不察於禮，而責禮於人，不亦遠乎。」孟子謝，遂留其婦。

我讀這一節不勝感嘆。傳云：「君子謂孟母知禮，而明於姑母之道」，固然說得很對，其實禮即是人情物理的歸結，知禮者必懂得情理。思想通達，能節制自己，能寬容別人，這樣才不愧為文明人，不但是賢姑良母，也實是後生師範了。假如中國受過教育的女子都能學點孟母的樣，人民受了相當的家教，將來到社會上去不至於不懂情理，胡說胡為，有益於國家實非淺鮮，孟母之功不在禹下。

我這孟母贊原是一時胡謅的，卻想不到近日發見了同調。北平市長主張取締中學男女同學，據說這是根據孟母的教育

法，雖然又聽說這是西班牙公使的意見。孟母不願意她的兒子
為墓間之事，踴躍築埋，或嬉戲為賈人炫賣之事，這是見於
《列女傳》的，若男女不同學則我實在找不到出典。話分兩頭，
反正孟母沒有此事也無關係，別人要怎麼說都可隨便，我仔細
思想之後覺得自己推崇孟母的意見還是不錯的，因為像她那樣
懂得情理的人實在是難得，現在中國正需要這種人。前兩天給
北平《實報》寫了一篇星期偶感，題曰「情理」，其中有一節云：

　　我覺得中國有頂好的事情便是講情理，其極壞的地方便是
不講情理。隨處皆是人情物理，只要人去細心考察，能知者即
可漸進為賢人，不知者終為愚人，惡人。《禮記》云：「飲食男
女，人之大欲存焉，死亡貧苦，人之大惡存也。」《管子》云：
「倉廩實則知禮節，衣食足則知榮辱。」這都是千古不變的名
言，因為合於情理。現在會考的規則，功課一二門不及格可補
考二次，如仍不及格，則以前考過及格的功課亦一律無效。這
叫做不合理。全省一二門不及格的學生限期到省補考，不考慮
道路的遠近，經濟能力的及不及。這叫做不近人情。教育方面
尚如此，其他可知。

　　五月十日天津《大公報》短評欄有一篇「偶感」，末二節云：

　　又如南京市決計剷除文盲，期於明春剷除百分之七十，這
實在是極好的訊息。但據說明年五月要在街上抽驗，倘有不識
字的，要罰銀一元，這就可怪了。自己預期的成績為百分之

七十，那麼明明承認有百分之三十的文盲依然存在，這些人受罰，冤也不冤？

苦生活的人們從小無受教育機會，現在給他們機會，自然很好了，但輪不到受教之人，或雖受而記憶不佳之人，卻新有了罰錢的危險，這實在不是情理所宜。希望這電訊所述不一定要實行，應該根本上沒有罰錢的規定。只識字並不能濟貧，奈何要向貧民罰款！

這裡我還想補充一句話：不知道這一元的罰金可以有幾天效力，假如這不是捐稅那樣地至少可有效一年，那麼這些無緣受教或記憶不佳的諸公每月還須得備三十塊錢來付這筆罰款哩。

說到這裡我偶然看見《三國志·徐邈傳》的文句云：「進善黜惡，風化大行」，忽然似乎懂得男女同學與孟母三遷的關係了。風化云者，蓋本於君子之德風小人之德草，謂影響也，猶墓間之學築埋，市傍之學炫賣耳。今人云為風化故而取締男女同學，準孟母教育法當由於居妓院旁習為邪僻。但是，這例子顯然不對，男女同學並不一定在妓院旁，一也。不同學的男女或者倒住在妓院旁，二也。學生如在其家習見妾、婢、賭、菸等邪僻事，即不男女同學亦未必有好風化，依真正孟母之教實在還在應遷之列者也。

故如准照人情物理而言，學生不准住妓院旁，不準住有妾

婢等的家中，乃為正風化的辦法，若普通的男女同學讀書則是別一件事，實與孟母毫無關係。平常人濫用風化二字，以至流於不通，如法庭上的性的犯罪在民間常稱風化官司，殊不可解，少時嘗誤聽為風化官司，似尚較有諧趣也。在中國這一類的字頗多，涵義曖昧，又復傳訛，有時玄祕，有時神異，大家拿來作為符籙，光怪陸離不可究詰。不佞之意以為當重常識以救治之，此雖似是十八世紀的老藥方，但在精神不健全的中國或者正是對症服藥亦未可知。

關於英雄崇拜

英雄崇拜在少年時代是必然的一種現象，於精神作興上或者也頗有效力的。我們回想起來都有過這一個時期，或者直到後來還是如此，心目中總有些覺得可以佩服的古人，不過各人所崇拜的對象不同，就是在一個人也會因年齡思想的變化而崇拜的對象隨以更動。

如少年時崇拜常山趙子龍或紹興黃天霸，中年時可以崇拜湘鄉曾文正公，晚年就歸依了蒙古八思巴，這是很可笑的一例，不過在中國智識階級中也不是絕對沒有的事。近來有識者提倡民族英雄崇拜，以統一思想與感情，那也是很好的，只可惜這很不容易，我說不容易，並不是說怕人家不服從，所慮的是難於去挑選出這麼一個古人來。關、岳，我覺得不夠，這兩位的名譽我懷疑都是從說書唱戲上得來的，威勢雖大，實際上的真價值不能相副。

關老爺只是江湖好漢的義氣，欽差大臣的威靈，加上讀《春秋》的傳說與一本「覺世真經」，造成那種信仰，羅貫中要負一部分的責任。岳爺爺是從《精忠岳傳》裡出來的，在南宋時看朱子等的口氣並不怎麼尊重他，大約也只和曲端差不多看待罷了。說到冤屈，曲端也何嘗不是一樣地冤，詩人曾嘆息

123

「軍中空卓曲端旗」，千載之下同為扼腕，不過他既不會寫〈滿江紅〉那樣的詞，又沒有人做演義，所以只好沒落了。南宋之恢復無望殆係事實，王侃在《衡言》卷一曾云：

> 胡銓小朝廷之疏置若罔聞，岳鄂王死絕不問及，似高宗全無人心，及見其與張魏公手敕，始知當日之勢岌乎不能不和，戰則不但不能抵黃龍府，並偏安之局亦不可得。

中國往往大家都知道非和不可，等到和了，大家從避難回來，卻熱烈地崇拜主戰者，稱岳飛而痛罵秦檜，稱翁同龢、劉永福而痛罵李鴻章，皆是也。

武人之外有崇拜文人的，如文天祥、史可法。這個我很不贊成。文天祥等人的唯一好處是有氣節，國亡了肯死。這是一件很可佩服的事，我們對於他應當表示欽敬，但是這個我們不必去學他，也不能算是我們的模範。第一，要學他必須國先亡了，否則怎麼死得像呢？我們要有氣節，須得平時使用才好，若是必以亡國時為期，那未免犧牲得太大了。第二，這種死於國家社會別無益處。我們的目的在於儲存國家，不做這個工作而等候國亡了去死，就是死了許多文天祥也何補於事呢。我不希望中國再出文天祥，自然這並不是說還是出張弘範或吳三桂好，乃是希望中國另外出些人才，是積極的，成功的，而不是消極的，失敗的，以一死了事的英雄。顏習齋曾云：

吾讀〈甲申殉難錄〉，至愧無半策匡時難，唯餘一死報君恩，未嘗不泣下也，至覽和靖祭伊川，不背其師有之，有益於世則未，二語，又不覺廢卷浩嘆，為生民愴惶久之。

徒有氣節而無事功，有時亦足以誤國殃民，不可不知也。但是事功與道德具備的英雄從哪裡去找呢？我實在缺乏史學知識，一時想不起，只好拿出金古良的《無雙譜》來找，翻遍了全書，從張良到文天祥四十個人細細看過，覺得沒有一個可以當選。

從前讀梁任公的《義大利建國三傑傳》，後來又讀丹麥勃蘭兌思的論文，對於加裡波的將軍很是佩服，假如中國古時有這樣一位英雄，我是願意崇拜的。就是不成功而身死的人，如斯巴達守溫泉峽（Thermopylae）的三百人與其首領勒阿尼達思，我也是非常喜歡，他們抵抗波斯大軍而死，「依照他們的規矩躺在此地」，如墓銘所說，這是何等中正的精神，毫無東方那些君恩臣節其他作用等等的渾濁空氣，其時卻正是西狩獲麟的第二年，恨不能使孔子知道此事，不知其將作何稱讚也。我豈反對崇拜英雄者哉，如有好英雄我亦肯承認，關岳文史則非其選也。吾愛孔丘、諸葛亮、陶淵明，但此亦只可自怡悅耳。

附記

　　洪允祥〈醉餘隨筆〉云：「〈甲申殉難錄〉某公詩曰，愧無半策匡時難，只有一死答君恩。天醉曰，沒中用人死亦不濟事。然則怕死者是歟？天醉曰，要他勿怕死是要他拚命做事，不是要他一死便了事。」此語甚精，〈隨筆〉作於宣統年間，據王詠麟跋云。

祖先崇拜

遠東各國都有祖先崇拜這一種風俗。現今野蠻民族多是如此，在歐洲古代也已有過。中國到了現在，還儲存這部落時代的蠻風，實是奇怪。據我想，這事既於道理上不合，又於事實上有害，應該廢去才是。

第一，祖先崇拜的原始的理由，當然是本於精靈信仰。原人思想，以為萬物都有靈的，形體不過是暫時的住所。所以人死之後仍舊有鬼，存留於世上，飲食起居還與生前一樣。這些資訊須由子孫供給，否則便要觸怒死鬼，發生災禍，這是祖先崇拜的起源。現在科學昌明，早知道世上無鬼，這騙人的祭獻禮拜當然可以不做了。這宗風俗，令人廢時光，費錢財，很是有損，而且因為接香煙吃羹飯的迷信，許多男人往往藉口於「不孝有三，無後為大」的謬說，買妾蓄婢，敗壞人倫，實在是不合人道的壞事。

第二，祖先崇拜的稍為高上的理由，是說「報本返始」，他們說：「你試思身從何來？父母生了你，乃是昊天罔極之恩，你哪可不報答他？」我想這理由不甚充足。父母生了兒子，在兒子並沒有什麼恩，在父母反是一筆債。我不信世上有一部經典，可以千百年來當人類的教訓的，只有記載生物的生活現象

的 Biologie（生物學）才可供我們參考，定人類行為的標準。

在自然律上面，的確是祖先為子孫而生存，並非子孫為祖先而生存的。所以父母生了子女，便是他們（父母）的義務開始的日子，直到子女成人才止。世俗一般稱孝順的兒子是還債的，但據我想，兒子無一不是討債的，父母倒是還債 —— 生他的債 —— 的人。待到債務清了，本來已是「兩訖」；但究竟是一體的關係，有天性之愛，互相連繫住，所以發生一種終身的親善的情誼。

至於恩這一個字，實是無從說起，倘說真是體會自然的規律，要報生我者的恩，那便應該更加努力做人，使自己比父母更好，切實履行自己的義務，—— 對於子女的債務 —— 使子女比自己更好，才是正當辦法。倘若一味崇拜祖先，想望做古人，自羲皇上溯盤古時代以至類人猿時代，這樣的做人法，在自然律上，明明是倒行逆施，絕不可許的了。

我最厭聽許多人說：「中國開化最早」、「我祖先文明什麼樣」。開化的早，或古時有過一點文明，原是好的。但何必那樣崇拜，彷彿人的一生事業，除恭維我祖先之外，別無一事似的。譬如我們走路，目的是在前進。過去的這幾步，原是我們前進的始基，但總不必站住了，回過頭去，指點著說好，反誤了前進的正事。因為再走幾步，還有更好的正在前頭呢！有了古時的文化，才有現在的文化；有了祖先，才有我們。但倘如

古時文化永遠不變，祖先永遠存在，那便不能有現在的文化和我們了。所以我們所感謝的，正因為古時文化來了又去，祖先生了又死，能夠留下現在的文化和我們 —— 現在的文化，將來也是來了又去，我們也是生了又死，能夠留下比現時更好的文化和比我們更好的人。

我們切不可崇拜祖先，也切不可望子孫崇拜我們。

尼采（Nietzsche）說：「你們不要愛祖先的國，應該愛你們子孫的國。……你們應該將你們的子孫，來補救你們自己為祖先的子孫的不幸。你們應該這樣救濟一切的過去。」所以我們不可不廢去祖先崇拜，改為自己崇拜 —— 子孫崇拜。

第三部分
日常的悲劇，
平凡的偉大

若子的病

《北京孔德學校旬刊》第二期於四月十一日出板，載有兩篇兒童作品，其中之一是我的小女兒寫的。

晚上的月亮

周若子

晚上的月亮，很大又很明。我的兩個弟弟說：「我們把月亮請下來，叫月亮抱我們到天上去玩。月亮給我們東西，我們很高興。我們拿到家裡給母親吃，母親也一定高興。」

但是這張旬刊從郵局寄到的時候，若子已正在垂死狀態了。她的母親望著攤在席上的報紙又看昏沉的病人，再也沒有什麼話可說，只叫我好好地收藏起來，——做一個將來絕不再寓目的紀念品。我讀了這篇小文，不禁忽然想起六歲時死亡的四弟椿壽，他於得急性肺炎的前兩三天，也是固執地向著傭婦追問天上的情形，我自己知道這都是迷信，卻不能禁止我脊梁上不發生冰冷的奇感。

十一日的夜中，她就發起熱來，繼之以大吐，恰巧小兒用的攝氏體溫表給小波波（我的兄弟的小孩）摔破了，土步君正出著第二次種的牛痘，把華氏的一具拿去應用，我們房裡沒有體溫表了，所以不能測量熱度，到了黎明從間壁房中拿表來一

量，乃是四十度三分！八時左右起了痙攣，妻抱住了她，只喊說：「阿玉驚了，阿玉驚了！」弟婦（即是妻的三妹）走到外面叫內弟起來，說：「阿玉死了！」他驚起不覺墜落床下。

這時候醫生已到來了，診察的結果說疑是「流行性腦脊髓膜炎」，雖然徵候還未全具，總之是腦的故障，危險很大。十二時又復痙攣，這回腦的方面倒還在其次了，心臟中了黴菌的毒非常衰弱，以致血行不良，皮膚現出黑色，在臂上捺一下，凹下白色的痕好久還不回覆。這一日裡，院長山本博士，助手蒲君，看護婦永井君、白君，前後都到，山本先生自來四次，永井君留住我家，幫助看病。

第一天在混亂中過去了，次日病人雖不見變壞，可是一晝夜以來，每兩小時一回的樟腦注射毫不見效，心臟還是衰弱，雖然熱度已減至三八至九度之間。這天下午因為病人想吃可可糖，我趕往哈達門去買，路上時時為不祥的幻想所侵襲，直到回家看見毫無動靜這才略略放心。

第三天是火曜日，勉強往學校去，下午三點半正要上課，聽說家裡有電話來叫，趕緊又告假回來，幸而這回只是夢囈，並未發生什麼變化。夜中十二時山本先生診後，始宣言性命可以無慮。十二日以來，經了兩次的食鹽注射，三十次以上的樟腦注射，身上擁著大小七個的冰囊，在七十二小時之末總算已離開了死之國土，這真是萬幸的事了。

　　山本先生後來告訴川島君說，那日曜日他以為一定不行的了。大約是第二天，永井君也走到弟婦的房裡躲著下淚，她也覺得這小朋友怕要為了什麼而辭去這個家庭了。但是這病人竟從萬死中逃得一生，不知是哪裡來的力量。醫呢，藥呢，她自己或別的不可知之力呢？但我知道，如沒有醫藥及大家的救護，她總是早已不存了。我若是一種宗派的信徒，我的感謝便有所歸，而且當初的驚怖或者也可減少，但是我不能如此，我對於未知之力有時或感著驚異，卻還沒有致感謝的那麼深密的接觸。我現在所想致感謝者在人而不在自然。我很感謝山本先生與永井君的熱心的幫助，雖然我也還不曾忘記四年前給我醫治肋膜炎的勞苦。川島斐君二君每日殷勤的訪問，也是應該致謝的。

　　整整地睡了一星期，腦部已經漸好，可以移動，遂於十九日午前搬往醫院，她的母親和「姊姊」陪伴著，因為心臟尚須療治，住在院裡較為便利，省得醫生早晚兩次趕來診察。現在溫度復原，脈搏亦漸恢復，她臥在我曾經住過兩個月的病室的床上，只靠著一個冰枕，胸前放著一個小冰囊，伸出兩隻手來，在那裡唱歌。妻跟我商量，若子的兄姊十歲的時候，都花過十來塊錢，分給用人並吃點東西當作紀念，去年因為籌不出這筆款，所以沒有這樣辦，這回病好之後，須得設法來補做並以祝賀病癒。她聽懂了這會話的意思，便反對說：「這樣辦不

好。倘若今年做了十歲，那麼明年豈不還是十一歲嗎？」我們聽了不禁破顏一笑。唉，這個小小的情景，我們在一星期前哪裡敢夢想到呢？

　　緊張透了的心一時殊不容易鬆放開來。今日已是若子病後的第十一日，下午因為稍覺頭痛告假在家，在院子裡散步，這才見到白的紫的丁香都已盛開，山桃燦漫得開始憔悴了，東邊路旁愛羅先珂君回俄國前手植作為紀念的一株杏花已經零落淨盡，只剩有好些綠蒂隱藏嫩葉的底下。春天過去了，在我們徬徨驚恐的幾天裡，北京這好像敷衍人似地短促的春光，早已偷偷地走過去了。這或者未免可惜，我們今年竟沒有好好地看一番桃杏花。但是花明年會開的，春天明年也會再來的，不妨等明年再看；我們今年幸而能夠留住了別個一去將不復來的春光，我們也就夠滿足了。

　　今天我自己居然能夠寫出這篇東西來，可見我的凌亂的頭腦也略略靜定了，這也是一件高興的事。

十四年四月二十二日雨夜

若子的死

若子字霓蓀，生於中華民國四年十月二十三日午後十時，以民國十八年十一月二十日午前二時死亡，年十五歲。

十六日若子自學校歸，晚嘔吐腹痛，自知是盲腸，而醫生誤診為胃病，次日複診始認為盲腸炎，十八日送往德國醫院割治，已併發腹膜炎，遂以不起。用手術後痛苦少已，而熱度不減，十九日午後益覺煩躁，至晚忽啼曰：「我要死了」，繼以昏囈，注射樟腦油，旋清醒如常，迭呼兄姊弟妹名，悉為招來，唯兄豐一留學東京不得相見，其友人亦有至者，若子一一招呼，唯痛恨醫生不置，常以兩腕力抱母頸低語曰：「媽媽，我不要死。」然而終於死了。籲可傷已。

若子遺體於二十六日移放西直門外廣通寺內，擬於明春在西郊購地安葬。

我自己是早已過了不惑的人，我的妻是世奉禪宗之教者，也當可減少甚深的迷妄，但是睹物思人，人情所難免，況臨終時神志清明，一切言動，歷在心頭，偶一念及，如觸腫瘍，有時深覺不可思議，如此景情，不堪回首，誠不知當時之何以能擔負過去也。如今才過七日，想執筆記若子的死之前後，乃屬不可能的事，或者竟是永久不可能的事亦未可知；我以前曾寫

〈若子的病〉，今日乃不得不來寫〈若子的死〉，而這又總寫不
出，此篇其終有目無文乎。只記若子生卒年月以為紀念云爾。
十一月二十六日送殯回來之夜，豈明附記。

　《雨天的書》初版中所載照相係五年前物，今撤去，改用若
子今年所留遺影，此係八月十七日在北平所照，蓋死前三個月
也。又記。

死法

「人皆有死」，這句格言大約是確實的，因為我們沒有見過不死的人，雖然在書本上曾經講過有這些東西，或稱仙人，或是「屍忒盧耳不盧格」（Struldbrug），這都沒有多大關係。不過我們既然沒有親眼見過，北京學府中靜坐道友又都剩下蒲團下山去了，不肯給予凡人以目擊飛昇的機會，截至本稿上板時止本人遂不能不暫且承認上述的那句格言，以死為生活之最末後的一部分，猶之乎戀愛是中間的一部分，──自然，這兩者有時並在一處的也有，不過這仍然不會打破那個原則，假如我們不相信死後還有戀愛生活。總之，死既是各人都有份的，那麼其法亦可得而談談了。

統計世間死法共有兩大類，一曰「壽終正寢」，二曰「死於非命」。壽終的裡面又可以分為三部。一是老熟，即俗云燈盡油乾，大抵都是「喜喪」，因為這種終法非八九十歲的老太爺老太太莫辦，而他們此時必已四世同堂，一家裡擁上一兩百個大大小小男男女女，實在有點住不開了，所以他的出缺自然是很歡送的。

二是猝斃，某一部機關發生故障，突然停止進行，正如鐘錶之斷了發條，實在與磕破天靈蓋沒有多大差別，不過因為這是屬於內科的，便是在外面看不出痕跡，故而也列入正寢之部了。

　　三是病故，說起來似乎很是和善，實際多是那「秒生」(Bacteria)先生作的怪，用了種種凶惡的手段，謀害「蟻命」，快的一兩天還算是慈悲，有些簡直是長期的拷打，與「東廠」不相上下，那真是厲害極了。總算起來，一二都倒還沒有什麼，但是長壽非可幸求，希望心臟麻痺又與求仙之難無異，大多數人的運命還只是輪到病故，揆諸吾人避苦求樂之意實屬大相逕庭，所以欲得好的死法，我們不得不離開了壽終而求諸死於非命了。

　　非命的好處便是在於他的突然，前一刻鐘明明是還活著的，後一刻鐘就直挺地死掉了，即使有苦痛（我是不大相信）也只有這一刻，這是他的獨門的好處。不過這也不能一概而論。十字架據說是羅馬處置奴隸的刑具，把他釘在架子上，讓他活活地餓死或倦死，約莫可以支撐過幾天；茶毗是中世紀衛道的人對付異端的，不但當時烤得難過，隨後還剩下些零星末屑，都覺得不很好。

　　車邊斬原是很爽利，是外國貴族的特權，也是中國好漢所歡迎的，但是孤零零的頭像是一個西瓜，或是「柚子」，如一位友人在長沙所見，似乎不大雅觀，因為一個人的身體太走了樣了。吞金喝鹽滷呢，都不免有點婦女子氣，吃雅片煙又太有損名譽了，被人叫做煙鬼，即使生前並不曾「與芙蓉城主結不解緣」。懷沙自沉，前有屈大夫，後有……，倒是頗有英氣的，

只恐怕泡得太久，卻又不為魚鱉所親，像治咳嗽的「胖大海」似的，殊少風趣。吊死據說是很舒服（注意：這只是據說，真假如何我不能保證），有島武郎與波多野秋子便是這樣死的，有一個日本文人曾經半當真半取笑地主張，大家要自盡應當都用這個方法。可是據我看來也有很大的毛病。什麼書上說有縊鬼降乩題詩云：

目如魚眼四時開，

身若懸旌終日掛。

（記不清了，待考；彷彿是這兩句，實在太不高明，恐防是不第秀才做的。）又聽說英國古時盜賊處刑，便讓他掛在架上，有時風吹著骨節珊珊作響（這些話自然也未可盡信，因為盜賊不會都是鎖子骨，然而「聽說」如此，我也不好一定硬反對），雖然有點唐珊尼爵士（Lord Dunsany）小說的風味，總似乎過於怪異——過火一點。想來想去都不大好，於是乎最後想到槍斃。槍斃，這在現代文明裡總可以算是最理想的死法了。他實在與丈八蛇矛嚓喇一下子是一樣，不過更文明了，便是說更便利了，不必是張翼德也會使用，而且使用得那樣地廣和多！在身體上鑽一個窟窿，把裡面的機關攪壞一點，流出些蒲公英的白汁似的紅水，這件事就完了：你看多麼簡單。簡單就是安樂，這比什麼病都好得多了。三月十八日中法大學生胡

錫爵君在執政府被害，學校裡開追悼會的時候，我送去一副對聯，文曰：

什麼世界，還講愛國？

如此死法，抵得成仙！

這末一聯實在是我衷心的頌辭。倘若說美中不足，便是彈子太大，掀去了一塊皮肉，稍為觸目，如能發明一種打鳥用的鐵砂似的東西，穿過去好像是一支粗銅絲的痕，那就更美滿了。我想這種發明大約不會很難很費時日，到得成功的時候，喝優酪乳的梅契尼可夫（Metchnikoff）醫生所說的人的「死欲」一定也已發達，那麼那時真可以說是「合之則雙美」了。

我寫這篇文章或者有點受了正岡子規的俳文〈死後〉的暗示，但這裡面的話和意思都是我自己的。又上文所說有些是玩話，有些不是，合併宣告。

案：所說俳文〈死後〉已由張鳳舉先生譯出，登在《沉鐘》第六期上。十六年八月編校時再記。

志摩紀念

　　面前書桌上放著九冊新舊的書，這都是志摩的創作，有詩、文、小說、戲劇，——有些是舊有的，有些給小孩們拿去看丟了，重新買來的。《猛虎集》是全新的，襯頁上寫了這幾行字：「志摩飛往南京的前一天，在景山東大街遇見，他說還沒有送你《猛虎集》，今天從志摩的追悼會出來，在景山書社買得此書。」

　　志摩死了，現在展對遺書，就只感到古人的人琴俱亡這一句話，別的沒有什麼可說。志摩死了，這樣精妙的文章再也沒有人能做了，但是，這幾冊書遺留在世間，志摩在文學上的功績也仍長久存在。中國新詩已有十五六年的歷史，可是大家都不大努力，更缺少鍥而不捨地繼續努力的人，在這中間志摩要算是唯一的忠實同志，他前後苦心地創辦詩刊，助成新詩的生長，這個勞績是很可紀念的，他自己又孜孜矻矻地從事於創作，自《志摩的詩》以至《猛虎集》，進步很是顯然，便是像我這樣外行也覺得這是顯然。

　　散文方面志摩的成就也並不小，據我個人的愚見，中國散文中現有幾派，適之、仲甫一派的文章清新明白，長於說理講學，好像西瓜之有口皆甜，平伯、廢名一派澀如青果，志摩可

以與冰心女士歸在一派，彷彿是鴨兒梨的樣子，流麗輕脆，在白話的基本上加入古文方言歐化種種成分，使引車賣漿之徒的話進而為一種富有表現力的文章，這就是單從文體變遷上講也是很大的一個貢獻了。志摩的詩、文，以及小說、戲劇在新文學上的位置與價值，將來自有公正的文學史家會來精查公布，我這裡只是籠統地回顧一下，覺得他半生的成績已經很夠不朽，而在這壯年，尤其是在這藝術地「復活」的時期中途凋喪，更是中國文學的一大損失了。

但是，我們對於志摩之死所更覺得可惜的是人的損失。文學的損失是公的，公攤了時個人所受到的只是一份，人的損失卻是私的，就是分擔也總是人數不會太多而分量也就較重了。照交情來講，我與志摩不算頂深，過從不密切，所以留在記憶上想起來時可以引動悲酸的情感的材料也不很多，但即使如此我對於志摩的人的悼惜也並不少。

的確如適之所說，志摩這人很可愛，他有他的主張，有他的派路，或者也許有他的小毛病，但是他的態度和說話總是和藹真率，令人覺得可親近，凡是見過志摩幾面的人，差不多都受到這種感化，引起一種好感，就是有些小毛病、小缺點，也好像臉上某處的一顆小黑痣，他是造成好感的一小小部分，只令人微笑點頭，並沒有嫌憎之感。

有人戲稱志摩為詩哲，或者笑他的戴印度帽，實在這些戲

弄裡都仍含有好意的成分，有如老同窗要舉發從前吃戒尺的逸事，就是有派別的作家加以攻擊，我相信這所以招致如此怨恨者，也只是志摩的階級之故，而絕不是他的個人。適之又說志摩是誠實的理想主義者，這個我也同意，而且覺得志摩因此更是可尊了。

這個年頭兒，別的什麼都有，只是誠實卻早已找不到，便是爪哇國裡恐怕也不會有了罷，志摩卻還保守著他天真爛漫的誠實，可以說是世所稀有的奇人了。我們平常看書看雜誌報章，第一感到不舒服的是那偉大的說謊，上自國家大事，下至社會瑣聞，不是恬然地顛倒黑白，便是無誠意地弄筆頭，其實大家也各自知道是怎麼一回事，自己未必相信，也未必望別人相信，只覺得非這樣地說不可，知識階級的人挑著一副擔子，前面是一筐子馬克思（Marx），後面一口袋尼采，也是數見不鮮的事，在這時候有一兩個人能夠誠實不欺地在言行上表現出來，無論這是哪一種主張，總是很值得我們的尊重的了。

關於志摩的私德，適之有代為辯明的地方，我覺得這並不成什麼問題。為愛惜私人名譽起見，辯明也可以說是朋友的義務，若是從藝術方面看去，這似乎無關重要。詩人文人這些人，雖然與專做好吃的包子的廚師，雕好看的石像的匠人，略有不同，但總之小德踰閒與否於其藝術沒有多少關係，這是我想可以明言的。

　　不過這也有例外，假如是文以載道派的藝術家，以教訓指導我們大眾自任，以先知哲人自任的，我們在同樣謙恭地接受他的藝術以前，先要切實地檢察他的生活，若是言行不符，那便是假先知，須得謹防上他的當。現今中國的先知有幾個禁得起這種檢察的呢，這我可不得而知了。這或者是我個人的偏見亦未可知，但截至現在我還沒有找到覺得更對的意見，所以對於志摩的事也就只得仍是這樣地看下去了。

　　志摩死後已是二十幾天了，我早想寫小文紀念他，可是這從哪裡去著筆呢？我相信寫得出的文章大抵都是可有可無的，真的深切的感情只有聲音、顏色、姿勢，或者可以表出十分之一二，到了言語便有點兒可疑，何況又到了文字。文章的理想境界我想應該是禪，是個不立文字，以心傳心的境界，有如世尊拈花，迦葉微笑，或者一聲「且道」，如棒敲頭，夯地一下頓然明瞭，才是正理，此外都不是路。

　　我們回想自己最深密的經驗，如戀愛和死生之至歡極悲，自己以外只有天知道，何曾能夠於金石竹帛上留下一絲痕跡，即使呻吟作苦，勉強寫下一聯半節，也只是普通的哀辭和定情詩之流，哪裡道得出一份苦甘，只看汗牛充棟的集子裡多是這樣物事，可知除聖人天才之外誰都難逃此難。我只能寫可有可無的文章，而紀念亡友又不是可以用這種文章來敷衍的，而紀念刊的收稿期限又迫切了，不得已還只得寫，結果還只能寫出

145

一篇可有可無的文章，這使我不得不重又嘆息。這篇小文的次序和內容，差不多是套適之在追悼會所發表的演辭的，不過我的話說得很是素樸粗笨，想起志摩平素是愛說老實話的，那麼我這種老實的說法或者是志摩的最好紀念亦未可知，至於別的一無足取也就沒有什麼關係了。

民國二十年十二月十三日，於北平

武者先生和我

　　方紀生先生從東京寄信來，經了三星期才到，信裡說起前日見到武者小路先生，他對於我送他的晉磚硯很是喜歡，要給我一幅鐵齋的畫，託宮崎丈二先生帶來，並且說道，那幅畫雖然自己很愛，但不知道周君是否也喜歡。我在給紀生的回信裡說，洋畫是不懂，卻也愛東洋風的畫，富岡鐵齋可以說是純東洋的畫家，我想他的畫我也一定喜歡的。在《東西六大畫家》中有鐵齋的插畫三幅，我都覺得很好，如〈獻新谷圖〉，如〈榮啟期帶索圖〉，就是縮小影印的，也百看不厭，現在使我可以得到一張真跡，這實在是意外的幸事了。

　　我與武者小路先生初次相見，是在民國八年秋天，已是二十四年前的事了。那時武者先生（平常大家這樣叫他，現在也且沿用）在日本日向地方辦新村，我往村裡去看他，在萬山之中的村中停了四天，就住在武者先生家的小樓上，後來又順路歷訪大阪、京都、濱松、東京各新村支部，前後共花了十天的工夫。

　　第二次是民國二十三年，我利用暑假去到東京閒住了兩個月，與武者先生會見，又同往新村支部去談話一次。第三次在民國三十年春間，我往京都東京赴東亞文化協會之會，承日

本筆會的幾位先生在星岡茶寮招待，武者先生也是其中之一人。今年四月武者先生往南京出席中日文化協會，轉至北京，又得相見，這是第四次了。其時我因事往南京、蘇州去走了一趟，及至回來，武者先生快要走了，只有中間一天的停留，所以我們會見也就只在那一天裡，上午在北京飯店的庸報社座談會上，下午來到我這裡，匆匆的談了一下而已。這樣計算起來，除了第一次的四天以外，我與武者先生聚談的時候並不很多，可是往來的關係卻已很久，所以兩者間的友誼的確是極舊的了。

承武者先生不棄，在他的文章裡時時提及，又說當初相識彼此都在還沒有名的時代，覺得這一點很有意思。其實這乃是客氣的話，在二十四五年前，白樺派在日本文學上正很有名，武者先生是其領袖，我的胡亂寫些文章，則確在這以後，卻是至今也還不成氣候，不過我們的交際不含有一點勢利的分子，這是實在的事情。

事變之後，武者先生常對我表示關心，大約是二十六年的冬天吧，在一篇隨筆裡說，不知現在周君的心情如何，很想一聽他的真心話。當時我曾覆一信，大意說如有機緣願得面談，唯不想用文字有所陳說，蓋如倪雲林所言，說便容易俗，日本所謂野暮也。近來聽到又復說起，云覺得與周君當無不可談者，看了很是感動，卻也覺得慚愧。兩國的人相談，甲有甲

的立場，乙有乙的立場，因此不大容易說得攏，此是平常的情形，但這卻又不難互相體察諒解，那時候就可以說得成一起了，唯天下事愈與情理近者便愈遠於事實，故往往亦終以慨嘆。我近來未曾與武者先生長談深談過，似乎有點可惜，但是我感覺滿足，蓋談到最相契合時恐怕亦只是一嘆喟，現在即使不談而我也一樣的相信，與武者先生當無不可談，且可談得契合，這是一種愉快同時也是幸福的事。

最初聽說武者先生要到中國來漫遊，我以為是個人旅行，便寫信給東京的友人，託其轉帶口信，請他暫時不必出來，因為在此亂世，人心不安，中國文化正在停頓，殊無可觀，旅途辛苦，恐所得不償所失。嗣知其來蓋屬於團體，自是別一回事了，武者先生以其固有的樸誠的態度，在中國留下極深的好印象，可謂不虛此行，私人方面又得一見面，則在我亦為有幸矣。唯願和平告成後，中國的學問藝術少少就緒，其時再請武者先生枉駕光來，即使別無成績可以表示，而民生安定，彼此得以開懷暢聚，將互舉歷來所未談及者痛快陳之，且試印證以為必定契合者是否真是如此，亦是很有意思的事也。

至於我送給武者先生的那磚硯，與其說是硯，還不如說是磚為的當，那是一小方西晉時的墓磚，有元康九年字樣，時為基督紀元二百九十九年，即距今一千六百四十四年前也。我當初蒐集古磚，取其是在紹興出土的，但是到了北京以後，就不

能再如此了，也只取其古，又是工藝品，是一種有趣味的小古董而已。有人喜歡把它琢成硯，或是水仙花盆之類，我並不喜歡，不過既已做成了，也只好隨它去。

　　我想送給武者先生一塊古磚，作為來苦雨齋的紀念，但是面積大，分量重的不大好攜帶，便挑取了這塊元康斷磚，而它恰巧是琢成硯形的，因此被稱為硯。其實我是當作磚送他的，假如當硯用一定很不合適，好的硯有端溪種種正多著哩。古語云，拋磚引玉。我所拋的正是一塊磚，不意卻引了一張名人的畫來，這正與成語相符，可謂巧合也矣。民國癸未秋分節。

　　上面這篇文章是九月下旬寫的。因為那時報上記載，武者先生來華時我奉贈一硯，將以一幅畫回贈，以為是中日文人交際的佳話。我便想說明，我所送的是一塊磚，送他的緣故因是多年舊識，非為文人之故，不覺詞費，寫了三張稿紙。秋分節是二十四日，過了兩天，宮崎先生來訪，給我送來鐵齋的那幅畫。這是一個摺扇面，裱作立軸，上畫作四人，一綠衣以爪杖搔背，一紅衣以紙撚刺鼻，一綠衣藍褂挑耳，一紅衣脫巾兩手抓髮，座前置香爐一，茶碗三，紙二枚。上端題曰：

　　經月得樓颸，頭懶垢不靧，樹間一梳理，道與精神會。癢處搔不及，賴有童子手，精微不可傳，齰齒一轉首。呋口眼尾垂，欲嚏將未發，竟以紙用事，快等船出閘。耳癢欲抾去，猛省須用，注目深探之，疏快滿鬚髮。

　　右李成德畫理髮搔背刺噴 耳四暢圖贊，覺範所作，鐵齋
寫並錄。贊一末句會字，贊四次句省用字，均脫，今照《石門
文字禪》卷十四原本補入。案南唐王齊翰有〈挑耳圖〉，似此
種圖畫古已有之，列為四暢，或始於李成德乎。據《清河書畫
舫》云，王畫法學吳道子，李不知如何，唯飄逸之致則或者為
鐵齋所獨有，但自己不懂畫更甚於詩，亦不敢多作妄言也。鐵
齋生於天保七年（清道光十六年），大正十三年（民國十三年）
除夕卒，壽八十九歲，唯〈榮啟期帶索圖〉為其絕筆，則已署
年九十矣。十月一日再記。

懷廢名

　　余識廢名在民十以前，於今將二十年，其間可記事頗多，但細思之又空空洞洞一片，無從下筆處。廢名之貌奇古，其額如螳螂，聲音蒼啞，初見者每不知其云何。所寫文章甚妙，但此是隱居西山前後事，《莫須有先生傳》與《橋》皆是，只是不易讀耳。廢名曾寄住余家，常往來如親屬，次女若子七十年矣，今日循俗例小作法事，廢名如在北平，亦必來赴，感念今昔，彌增悵觸。余未能如廢名之悟道，寫此小文，他日如能覓路寄予一讀，恐或未必印可也。

　　以上是民國廿七年十一月末所寫，題曰「懷廢名」，但是留得底稿在，終於未曾抄了寄去。於今又已過了五年了，想起要寫一篇同名的文章，極自然的便把舊文抄上，預備拿來做個引子，可是重讀了一遍之後，覺得可說的話大都也就有了，不過或者稍為簡略一點，現在所能做的只是加以補充，也可以說是作箋註罷了。

　　關於認識廢名的年代，當然是在他進了北京大學之後，推算起來應當是民國十一年考進預科，兩年後升入本科，中間休學一年，至民國十八年才畢業。但是在他來北京之前，我早已接到他的幾封信，其時當然只是簡單的叫馮文炳，在武昌當小學教師，現在原信存在故紙堆中，日記查詢也很費事，所以時

日難以確知，不過推想起來這大概總是在民九民十之交吧，距今已是二十年以上了。廢名眉稜骨奇高，是最特別處。在《莫須有先生傳》第四章中房東太太說，莫須有先生，你的脖子上怎麼那麼多的傷痕？這是他自己講到的一點，此蓋由於瘰癧，其聲音之低啞或者也是這個緣故吧。

廢名最初寫小說，登在胡適之的《努力週報》上，後來結集為《竹林的故事》，為新潮社文藝叢書之一。這《竹林的故事》現在沒有了，無從查考年月，但我的序文抄存在《談龍集》裡，其時為民國十四年九月，中間說及一年多前答應他做序，所以至遲這也就是民國十二年的事吧。廢名在北京大學進的是英文學系，民國十六年張大元帥入京，改辦京師大學校，廢名失學一年餘，及北大恢復乃復入學。

廢名當初不知是住公寓還是寄宿舍，總之在那失學的時代也就失所寄託，有一天寫信來說，近日幾乎沒得吃了。恰好章矛塵夫婦已經避難南下，兩間小屋正空著，便招廢名來住，後來在西門外一個私立中學走教國文，大約有半年之久，移住西山正黃旗村裡，至北大開學再回城內。這一期間的經驗於他的寫作很有影響，村居，讀莎士比亞（Shakespeare），我所推薦的《吉訶德先生》、李義山詩，這都是構成《莫須有先生傳》的分子。從西山下來的時候，也還寄住在我們家裡，以後不知是哪一年，他從故鄉把妻女接了出來，在地安門裡租屋居住，其時

在北京大學國文學系做講師，生活很是安定了。

　　到了民國二十五六年，不知怎的忽然又將夫人和子女打發回去，自己一個人住在雍和宮的喇嘛廟裡。當然大家覺得他大可不必，及至盧溝橋事件發生，又很羨慕他，雖然他未必真有先知。廢名於那年的冬天南歸，因為故鄉是拉鋸之地，不能在大南門的老屋裡安住，但在附近一帶託跡，所以時常還可彼此通訊，後來漸漸訊息不通，但是我總相信他仍是在哪一個小村莊裡隱居，教小學生念書，只是多「靜坐沉思」，未必再寫小說了吧。

　　翻閱舊日稿本，上邊抄存兩封給廢名的信，這可以算是極偶然的事，現在卻正好利用，重錄於下。其一云：

　　石民君有信寄在寒齋，轉寄或恐失落，信封又頗大，故擬暫留存，俟見面時交奉。星期日林公未來，想已南下矣。舊日友人各自上飄遊之途，回想「明珠」時代，深有今昔之感。自知如能將此種悵惘除去，可以近道，但一面也不無珍惜之意，覺得有此悵惘，故對於人間世未能恝置，此雖亦是一種苦，目下卻尚不忍即捨去也。匆匆。

　　　　　　　　　　　　　　　　　　　　　　九月十五日

　　時為民國二十六年，其時廢名蓋尚在雍和宮。這裡提及「明珠」，順便想說明一下。廢名的文藝的活動大抵可以分幾個段落來說。甲是《努力週報》時代，其成績可以《竹林的故事》為代表。乙是《語絲》時代，以《橋》為代表。丙是《駱駝草》

時代，以《莫須有先生》為代表。以上都是小說。丁是《人間世》時代，以〈讀論語〉這一類文章為主。戊是「明珠」時代，所作都是短文。那時是民國二十五年冬天，大家深感到新的啟蒙運動之必要，想再來辦一個小刊物，恰巧《世界日報》的副刊「明珠」要改編，便接受了來，由林庚編輯，平伯、廢名和我幫助寫稿，雖然不知道讀者覺得如何，在寫的人則以為是頗有意義的事。但是報館感覺得不大經濟，於二十六年元旦又斷行改組，所以林庚主編的「明珠」只辦了三個月，共出了九十二號，其中廢名寫了很不少，十月九篇，十一二月各五篇，裡面頗有些好文章有意思。例如十月分的〈三竿兩竿〉、〈陶淵明愛樹〉、〈陳亢〉，十一月分的〈中國文章〉、〈孔門之文〉，我都覺得很好。〈三竿兩竿〉起首云：

中國文章，以六朝人文章為最不可及。

〈中國文章〉也劈頭就說道：

中國文章裡簡直沒有厭世派的文章，這是很可惜的事。

後面又說：

我嘗想，中國後來如果不是受了一點佛教影響，文藝裡的空氣恐怕更陳腐，文章裡恐怕更要損失好些好看的字面。

這些話雖然說的太簡單，但意思極正確，是經過好多經驗思索而得的，裡面有其顛撲不破的地方。廢名在北大讀莎士

比亞，讀哈代（Hardy），轉過來讀本國的杜甫、李商隱，《詩經》、《論語》、《老子》、《莊子》，漸及佛經，在這一時期我覺得他的思想最是圓滿，只可惜不曾更多述著，這以後似乎更轉入神祕不可解的一路去了。

我的第二封信已在廢名走後的次年，時為民國二十七年三月，其文云：

偶寫小文，錄出呈覽。此可題曰「讀大學中庸」，題目甚正經，宜為世所喜，惜內容稍差，蓋太老實而平凡耳。唯亦正以此故，可以抄給朋友們一看，雖是在家人亦不打誑語，此鄙人所得之一點滴的道也。日前寄一二信，想已達耶，匆匆不多贅。

三月六日晨，知堂白

所云前寄一二信悉未存底，唯〈讀大學中庸〉一文係三月五日所寫，則抄在此信稿的前面，今亦抄錄於後：

近日想看《禮記》，因取郝蘭皋箋本讀之，取其簡潔明瞭也。讀《大學》、《中庸》各一過，乃不覺驚異。文句甚順口，而意義皆如初會面，一也。意義還是很難懂，懂得的地方也只是些格言，二也。《中庸》簡直多是玄學，不佞蓋猶未能全了物理，何況物理後學乎。《大學》稍可解，卻亦無甚用處，平常人看看想要得點受用，不如《論語》多多矣。不知道世間何以如彼珍重，殊可驚詫，此其三也。從前書房裡念書，真虧得小孩

們記得住這些。不佞讀下中時是十二歲了,愚鈍可想,卻也背誦過來,反覆思之,所以能成誦者,豈不正以其不可解故耶?

此文也就只是「明珠」式的一種感想小篇,別無深義,寄去後也不記得廢名回信云何,只在筆記一頁之末,錄有三月十四日黃梅發信中數語云:

學生在鄉下常無書可讀,寫字乃借改男的筆硯,乃近來常覺得自己有學問,斯則奇也。

寥寥的幾句話,卻很可看出他特殊的謙遜與自信。廢名常跟我們談莎士比亞、庾信、杜甫、李義山,《橋》下篇第十八章中有云:

今天的花實在很燦爛,——李義山詠牡丹詩有兩句我很喜歡,我是夢中傳彩筆,欲書花葉寄朝雲。你想,紅花綠葉,其實在夜裡都布置好了,——朝雲一剎那見。

此可為一例。隨後他又談《論語》、《莊子》,以及佛經,特別是佩服《涅槃經》,不過講到這裡,我是不懂玄學的,所以就覺得不大能懂,不能有所敘述了。廢名南歸後,曾寄示所寫小文一二篇,均頗有佳處,可惜一時找不出,也有很長的信講到所謂道,我覺得不能贊一辭,所以回信中只說些別的事情,關於道字了不提及,廢名見了大為失望,於致平伯信中微露其意,但既是平伯亦未敢率爾與之論道也。

關於廢名的這一方面的逸事，可以略記一二。廢名平常頗佩服其同鄉熊十力翁，常與談論儒道異同等事，等到他著手讀佛書以後，卻與專門學佛的熊翁意見不合，而且多有不滿之意。有余君與熊翁同住在二道橋，曾告訴我說，一日廢名與熊翁論僧肇，大聲爭論，忽而靜止，則二人已扭打在一處，旋見廢名氣哄哄的走出，但至次日，乃見廢名又來，與熊翁在討論別的問題矣。余君云係親見，故當無錯誤。

廢名自云喜靜坐深思，不知何時乃忽得特殊的經驗，趺坐少頃，便兩手自動，作種種姿態，有如體操，不能自已，彷彿自成一套，演畢乃復能活動。鄙人少信，頗疑是一種自己催眠，而廢名則不以為然。其中學同窗有為僧者，甚加讚嘆，以為道行之果，自己坐禪修道若干年，尚未能至，而廢名偶爾得之，可為幸矣。

廢名雖不深信，然似亦不盡以為妄。假如是這樣，那麼這道便是於佛教之上又加了老莊以外的道教分子，於不佞更是不可解，照我個人的意見說來，廢名談中國文章與思想確有其好處，若捨而談道，殊為可惜。廢名曾撰聯語見贈云，微言欣其知之為誨，道心惻於人不勝天。今日找出來抄錄於此，廢名所贊雖是過量，但他實在是知道我的意思之一人，現在想起來，不但有今昔之感，亦覺得至可懷念也。

三十二年三月十五日，記於北京

玄同紀念

玄同於一月十七日去世，於今百日矣。此百日中，不曉得有過多少次，攤紙執筆，想要寫一篇小文給他作紀念，但是每次總是沉吟一回，又復中止。我覺得這無從下筆。第一，因為我認識玄同很久，從光緒戊申在民報社相見以來，至今已是三十二年，這其間的事情實在太多了，要挑選一點來講，極是困難。——要寫只好寫長篇，想到就寫，將來再整理，但這是長期的工作，現在我還沒有這餘裕。第二，因為我自己暫時不想說話。

《東山談苑》記倪元鎮為張士信所窘辱，絕口不言，或問之，元鎮曰，一說便俗。這件事我向來很是佩服，在現今無論關於公私的事有所聲說，都不免於俗，雖是講玄同也總要說到我自己，不是我所願意的事。所以有好幾回拿起筆來，結果還是放下。但是，現在又決心來寫，只以玄同最後的十幾天為限，不多講別的事，至於說話人本來是我，好歹沒有法子，那也只好不管了。

廿八年一月三日，玄同的大世兄秉雄來訪，帶來玄同的一封信，其文曰：

知翁：元日之晚，召詒奎息來告，謂兄忽遇狙，但幸無恙，駭異之至，竟夕不寧。昨至丘道，悉鏗詒炳揚諸公均已次

第奉訪，兄仍從容坐談，稍慰。晚，鐵公來詳談，更為明瞭，唯無公情形，迄未知悉，但祝其日趨平復也。事出意外，且聞前日奔波甚劇，想日來必大感疲乏，願多休息，且本平日寧靜樂天之胸襟加意排解攝衛！弟自己是一個浮躁不安的人，乃以此語奉勸，豈不自量而可笑，然實由衷之言，非勸慰泛語也。旬日以來，雪凍路滑，弟懷履冰之戒，只好家居，憚於出門，丘道亦只去過兩三次，且迂道黃城根，因怕走柏油路也。故尚須遲日拜訪，但時向奉訪者探詢尊況。頃雄將走訪，故草此紙。籬闇白。廿八，一，三。

這裡需要說明的只有幾個名詞。丘道即是孔德學校的代稱，玄同在那裡有兩間房子，安放書籍兼住宿，近兩年覺得身體不好，住在家裡，但每日總還去那邊，有時坐上小半日。籬闇是其晚年別號之一。去年冬天曾以一紙寄示，上鈐好些印文，都是新刻的，有肄籬、觚叟、籬庵居士、逸谷老人、憶菰翁等。這大都是從疑古二字變化來，如逸谷只取其同音，但有些也兼含意義，如觚籬本同一字，此處用為小學家的表徵，菰乃是吳興地名，此則有敬鄉之意存焉。玄同又自號鮑山广叟，據說鮑山亦在吳興，與金蓋山相近，先代墳墓皆在其地云。曾託張樾丞刻印，八月六日有信見告云：

日前以三孔子贈張老丞，蒙他見賜广叟二字，書體似頗不惡，蓋頗像百衲本廿四史第一種宋黃善夫本《史記》也，唯看

上一字，似應雲，像人高踞床闌干之顛，豈不異歟！老兄評之以為何如？

此信原本無標點，印文用六朝字型，厂字左下部分稍右移居畫下之中，故云然，此蓋即鮑山厂叟之省文也。

十日下午玄同來訪，在苦雨齋西屋坐談，未幾又有客至，玄同遂避入鄰室，旋從旁門走出自去。至十六收到來信，係十五日付郵者，其文曰：

起孟道兄：今日上午十一時得手示，即至丘道交與四老爺，而祖公即於十二時電四公，於是下午他們（四與安）和它們（《九通》）共計坐了四輛洋車將這書點交給祖公了。此事總算告一段落矣。日前拜訪，未盡欲言，即挾《文選》而走。此《文選》疑是唐人所寫，如不然，則此君撫唐可謂工夫甚深矣。……（案：此處略去五句三十五字。）研究院式的作品固覺無意思，但鄙意老兄近數年來之作風頗覺可愛，即所謂「文抄」是也。「兒童……」（不記得那天你說的底下兩個字了，故以虛線號表之）也太狹（此字不妥），我以為「似尚宜」用「社會風俗」等類的字面（但此四字更不妥，而可以意會，蓋即數年來大作那類性質的文章，──愈說愈說不明白了），先生其有意乎？……（案：此處略去七句六十九字。）旬日之內尚擬拜訪面罄。但窗外風聲呼呼，明日似又將雪矣，泥滑滑，行不得也哥哥，則或將延期矣。無公病狀如何？有起色否？甚念！弟師黃再拜。廿八，一，十四，燈下。

這封信的封面寫鮑緘，署名師黃則是小時候的名字，黃即是黃山谷。所云「九通」，是李守常先生的遺書，其後人窘迫求售，我與玄同給他們設法賣去，四祖諸公都是幫忙搬運過付的人。這件事說起來話長，又有許多感慨，總之在這時候告一段落，是很好的事。信中略去兩節，覺得很是可惜，因為這裡講到我和他自己的關於生計的私事，雖然很有價值有意思，卻亦就不能發表。只有關於《文選》，或者須稍有說明。這是一個長卷，係影印古寫本的一卷《文選》，有友人以此見贈，十日玄同來時便又轉送給他了。

我接到這信後即發了一封回信去，但是玄同就沒有看到。十七日晚得錢太太電話，云玄同於下午六時得病，現在德國醫院。九時頃我往醫院去看，在門內廊下遇見稻孫、少鏗、令楊、炳華諸君，知道情形已是絕望，再看病人形勢刻刻危迫，看護婦之倉皇與醫師之緊張，又引起十年前若子死時的情景，乃於九點三刻左右出院徑歸，至次晨打電話問少鏗，則玄同於十時半頃已長逝矣。我因行動不能自由，十九日大殮以及二十三日出殯時均不克參與，只於二十一日與內人到錢宅一致弔奠，並送去輓聯一副，係我自己所寫，其詞曰：

戲語竟成真，何日得見道山記。

同遊今散盡，無人共話小川町。

這挽對上本撰有小注,臨時卻沒有寫上去。上聯注云:「前屢傳君歸道山,曾戲語之曰,道山何在,無人能說,君既曾遊,大可作記以示來者。君歿之前二日有信來,回信中又復提及,唯寄到時君已不及見矣。」下聯注云:「余識君在戊申歲,其時尚號德潛,共從太炎先生聽講《說文解字》,每星期日集新小川町民報社。同學中龔寶、朱宗萊、家樹人均先歿,朱希祖、許壽裳現在川陝,留北平者唯余與玄同而已。每來談常及爾時出入民報社之人物,竊有開天遺事之感,今並此絕響矣。」輓聯共作四副,此係最後之一,取其尚不離題,若太深切便病晦或偏,不能用也。

關於玄同的思想與性情有所論述,這不是容易的事,現在亦還沒有心情來做這種難工作,我只簡單的一說在聽到凶信後所得的感想。我覺得這是一個大損失。玄同的文章與言論平常看去似乎頗是偏激,其實他是平正通達不過的人。近幾年來和他商量孔德學校的事情,他總是最能得要領,理解其中的曲折,尋出一條解決的途徑,他常詼諧的稱為貼水膏藥,但在我實在覺得是極難得的一種品格,平時不覺得,到了不在之後方才感覺可惜,卻是來不及了,這是真的可惜。

老朋友中間玄同和我見面時候最多,講話也極不拘束而且多遊戲,但他實在是我的畏友。浮泛的勸誡與嘲諷雖然用意不同,一樣的沒有什麼用處。玄同平常不務苛求,有所忠告必以

諒察為本，務為受者利益計，亦不泛泛徒為高論，我最覺得可感，雖或未能悉用而重違其意，恆自警惕，總期勿太使他失望也。今玄同往矣，恐遂無復有能規誡我者。這裡我只是少講私人的關係，深愧不能對於故人的品格學問有所表揚，但是我於此破了二年來不說話的戒，寫下這一篇小文章，在我未始不是一個大的決意，姑以是為故友紀念可也。

民國廿八年四月廿八日

記杜逢辰君的事

此文題目很是平凡，文章也不會寫得怎麼有趣味，一定將使讀者感覺失望，但是我自己卻覺得頗得意義，近十年中時時想到要寫，總未成功，直至現在才勉強寫出，這在我是很滿足的事了。杜逢辰君，字輝庭，山東人，前國立北京大學學生，民國十四年入學，二十一年以肺病卒於故里。

杜君在大學預科是日文班，所以那兩年中是我直接的學生，及預科畢業，正是張大元帥登臺，改組京師大學，沒有東方文學系了，所以他改入了法科。十七年東北大恢復，我們回去再開始辦預科日文班，我又為他系學生教日文，講夏目氏的小說《我是貓》，杜君一直參加，而且繼續了有兩年之久，雖然他的學籍仍是在經濟系。我記得那時他常來借書看，有森鷗外的《高瀨舟》，志賀直哉的《壽壽》等，我又有一部高畠素之譯的《資本論》，共五冊，買來了看不懂，也就送給了他，大約於他亦無甚用處，因為他的興趣還是在於文學方面。

杜君的氣色本來不大好，其發病則大概在十九年秋後，《駱駝草》第二十四期上有一篇小文日〈無題〉，署名偶影，即是杜君所作，末署一九三〇年十月八日病中，於北大，可以為證。又查舊日記民國二十年分，三月十九日記云，下午至北大

上課，以《徒然草》贈予杜君，又借予《源氏物語》一部，託李廣田君轉交。其時蓋已因病不上課堂，故託其同鄉李君來借書也。至十一月則有下記數項：

十七日，下午北大梁君等三人來訪，云杜逢辰君自殺未遂，僱汽車至紅十字療養院，勸說良久無效，六時回家。

十八日，下午往看杜君病，值睡眠，其姪云略安定，即回。

十九日，上午往看杜君。

二十一日，上午李廣田君電話，云杜君已遷往平大附屬醫院。

二十二日，上午盂云嶠君來訪。

杜君不知道是什麼時候進療養院的。在〈無題〉中他曾說：「我是常在病中，自然不能多走路，連書也不能隨意地讀。」前後相隔不過一年，這時卻已是臥床不起了。在那篇文章又有一節云：

這尤其是在夜裡失眠時，心和腦往往是互動影響的。心越跳動，腦裡宇宙的次序就越紊亂，甚至暴動起來似的騷擾。因此，心也跳動得更加厲害，必至心腦交瘁，黎明時這才昏昏沉沉地墮入不自然的睡眠裡去。這真是痛苦不過的事。我是為了自己的痛苦才了解旁人的痛苦的呀。每當受苦時，不免要詛咒了：天地不仁，以萬物為芻狗！

　　我們從這裡可以看出病中苦痛之一斑，在一年後這情形自然更壞了，其計畫自殺的原因據梁君說即全在於此。當時所用的不知係何種刀類，只因久病無力，所以負傷不重，即可治癒，但是他拒絕飲食藥物，同鄉友人無法可施，末了乃趕來找我去勸。他們說，杜君平日佩服周先生，所以只有請你去，可以勸得過來。我其實也覺得毫無把握，不過不能不去一走，即使明知無效，望病也是要去的。勸阻人家不要自殺，這題目十分難，簡直無從著筆，不曉得怎麼說才好。

　　到了北海養蜂夾道的醫院裡，見到躺在床上，脖子包著繃帶的病人，我說了些話，自己也都忘記了，總之說著時就覺得是空虛無用的，心裡一面批評著說：「不行，不行。」果然這都是無用，如日記上所云勸說無效。我說幾句之後，他便說：「你說的很是，不過這些我都已經想過了的。」末了他說：「周先生平常怎麼說，我都願意聽從，這回不能從命。」並且他又說：「我實在不能再受痛苦，請你可憐見放我去了罷。」我見他態度很堅決，情形與平時不一樣，杜君說話聲音本來很低，又是近視，眼鏡後面的目光總向著下，這回聲音轉高，除去了眼鏡，眼睛張大，炯炯有光，彷彿是換了一個人的樣子。

　　假如這回不是受了委託來勸解來的，我看這情形恐怕會得默然，如世尊默然表示同意似的，一握手而引退了吧。現在不能這樣，只得牴牾了好久，不再說理由，勸他好好將息，退了

出來。第二天去看，聽那看病的姪兒說稍為安定，又據孟君說後來也吃點東西了，大家漸漸放心。日記上不曾記著，後來聽說杜君家屬從山東來了，接他回家去，用雅片劑暫以減少苦痛，但是不久也就去世，這大約是二十一年的事了。

杜君的事情本來已是完結了，但是在那以後不知是從那一位，大概是李廣田君罷，聽到了一段話。據說在我去勸說無效之後，杜君就改變了態度，肯吃藥喝粥了，所以我以為是無效，其實卻是發生了效力。杜君對友人說，周先生勸我的話，我自己都已經想過了的，所以沒有用處，但是後來周先生說的一節話，卻是我所沒有想到的，所以給他說服了。這一節是什麼話，我自己不記得了，經李君轉述大意如此：周先生說，你個人痛苦，欲求脫離，這是可以諒解的，但是現在你身子不是個人的了，假如父母妻子他們不願你離去，你還須體諒他們的意思，雖然這於你個人是一個痛苦，暫為他們而留住。

老實說，這一番話本極尋常，在當時智窮力竭無可奈何時，姑且應用一試，不意打動杜君自己的不忍之心，乃轉過念來，願以個人的苦痛去抵銷家屬的悲哀，在我實在是不及料的。我想起幾句成語，日常的悲劇，平凡的偉大，杜君的事正當得起這名稱。杜君的友人很感謝我能夠勸他回心轉意，不再求死，但我實是很惶恐，覺得很有點對不起杜君，因為聽信我的幾句話使他多受了許多的苦痛。

　　我平常最怕說不負責的話，假如自己估量不能做的事，即使聽去十分漂亮，也不敢輕易主張叫人家去做。這回因為受託勸解，搜尋枯腸湊上這一節去，卻意外的發生效力，得到嚴重的結果，對於杜君我感覺負著一種責任。但是考索思慮，過了十年之後，我卻得到了慰解，因為覺得我不曾欺騙杜君，因為我勸他那麼做，在他的場合固是難能可貴，在別人也並不是沒有。

　　一個人過了中年，人生苦甜大略嘗過，這以後如不是老成轉為少年，重複想納妾再做人家，他的生活大概漸傾於為人的，為兒孫作馬牛的是最下的一等，事實上卻不能不認他也是這一類，其上者則為學問為藝文為政治，他們隨時能把生命放得下，本來也樂得安息，但是一直忍受著孜孜矻矻的做下去，犧牲一己以利他人，這該當稱為聖賢事業了。杜君以青年而能有此精神，很令人佩服，而我則因有勸說的關係，很感到一種鞭策，太史公所謂雖不能至，心嚮往之，或得如傳說所云寫且夫二字，有做起講之意，不至全然打誑語欺人，則自己覺得幸甚矣。

民國三十三年十月四日，記於北京

附記

　　近日整理故紙堆，偶然找出一張紙來，長一尺八寸，寬約六寸，寫字四行，其文曰：「民國二十年一月三十日晨，夢中得一詩曰，偃息禪堂中，沐浴禪堂外，動止雖有殊，心閒故無礙。族人或云余前身為一老僧，其信然耶。三月七日下午書此，時杜逢辰君養病北海之濱，便持贈之，聊以慰其寂寞。作人於北平苦茶庵。」下未鈐印，不知何以未曾送去，至今亦已不復記憶，但因此可以知道社君在當時已進療養院矣。老僧之說本出遊戲，亦有傳訛，兒時聞祖母說，余誕生之夕，有同高祖之叔父夜歸，見一白鬚老人先入門，跡之不見，遂有此說，後乃衍為比丘耳。轉生之說在鄙人小信豈遂領受，但覺得此語亦覆育致，蓋可免於頭世人之譏也。

十一月三十日

半農紀念

七月十五日夜我們到東京，次日定居本鄉菊坂町。二十日我與妻出去，在大森等處跑了一天，傍晚回寓，卻見梁宗岱先生和陳女士已在那裡相候。談次陳女士說在南京看見報載劉半農先生去世的訊息，我們聽了覺得不相信，徐耀辰先生在座也說這恐怕又是別一個劉復吧，但陳女士說報上說的不是劉復而是劉半農，又說北京大學給他照料治喪，可見這是不會錯的了。我們將離開北平的時候，知道半農往綏遠方面旅行去了，前後相去不過十日，卻又聽說他病死了已有七天了。世事雖然本來是不可測的，但這實在來得太突然，只覺得出於意外，惘然若失而外，別無什麼話可說。

半農和我是十多年的老朋友，這回半農的死對於我是一個老友的喪失，我所感到的也是朋友的哀感，這很難得用筆墨記錄下來。朋友的交情可以深厚，而這種悲哀總是淡泊而平定的，與夫婦子女間沉摯激越者不同，然而這兩者卻是同樣的難以文字表示得恰好。假如我與半農要疏一點，那麼我就容易說話，當作一個學者或文人去看，隨意說一番都不要緊。

很熟的朋友都只作一整個的人看，所知道的又太多了，要想分析想挑選了說極難著手，而且褒貶稍差一點分量，心裡完

全明瞭，就覺得不誠實，比不說還要不好。荏苒四個多月過去了，除了七月二十四日寫了一封信給半農的長女小惠女士外，什麼文章都沒有寫，雖然有三四處定期刊物叫我做紀念的文章，都謝絕了，因為實在寫不出。九月十四日，半農死後整兩個月，在北京大學舉行追悼會，不得不送一副輓聯，我也只得寫這樣平凡的幾句話去：

> 十六年爾汝舊交，追憶還從卯字號，
>
> 廿餘日馳驅大漠，歸來竟作丁令威。

這是很空虛的話，只是儀式上所需的一種裝飾的表示而已。學校決定要我充當致辭者之一，我也不好拒絕，但是我仍是明白我的不勝任，我只能說說臨時想出來的半農的兩種好處。其一是半農的真。他不裝假，肯說話，不投機，不怕罵，一方面卻是天真爛漫，對什麼人都無惡意。其二是半農的雜學。他的專門是語音學，但他的興趣很廣博，文學、美術他都喜歡，作詩、寫字、照相、搜書、講文法、談音樂。有人或者嫌他雜，我覺得這正是好處，方面廣，理解多，於處世和治學都有用，不過在思想統一的時代，自然有點不合式。我所能說者也就是極平凡的這寥寥幾句。

前日閱《人間世》第十六期，看見半農遺稿〈雙鳳凰專齋小品文〉之五十四，讀了很有所感。其題目曰「記硯兄之稱」，文云：

余與知堂老人每以硯兄相稱，不知者或以為兒時同窗友也。其實余二人相識，余已二十七，豈明已三十三。時余穿魚皮鞋，猶存上海少年滑頭氣，豈明則蓄濃髯，戴大絨帽，披馬夫式大衣，儼然一俄國英雄也。越十年，紅胡入關主政，北新封，語絲停，李丹忧捕，余與豈明同避菜廠衚衕一友人家。小廟三楹，中為膳食所，左為寢室，席地而臥，右為書室，室僅一桌，桌僅一硯。寢，食，相對枯坐而外，低頭共硯寫文而已，硯兄之稱自此始。居停主人不許多友來視，能來者余妻豈明妻而外，僅有徐耀辰兄傳遞外間訊息，日或三四至也。時民國十六年，以十月二十四日去，越一星期歸，今日思之，亦如夢中矣。

這文章寫得頗好，文章裡面存著作者的性格，讀了如見半農其人。民國六年春間我來北京，在《新青年》上初見到半農的文章，那時他還在南方，留下一種很深的印象，這是幾篇〈靈霞館筆記〉，覺得有清新的生氣，這在別人筆下是沒有的。現在讀這遺文，恍然記及十七年前的事，清新的生氣仍在，雖然更加上一點蒼老與著實了。

但是時光過得真快，魚皮鞋子的故事在今日活著的人裡只有我和玄同還知道吧，而菜廠衚衕一節說起來也有車過腹痛之感了。前年冬天半農跟我談到蒙難紀念，問這是哪一天，我查舊日記，恰巧民國十六年中有幾個月不曾寫，於是查對《語絲》末期出版月日等，查出這是在十月廿四，半農就說下回要

大舉請客來作紀念，我當然贊成他的提議，去年十月不知道怎麼一混大家都忘記了，今年夏天半農在電話裡還說起，去年可惜又忘記了，今年一定要舉行。然而半農在七月十四日就死了，計算到十月廿四日恰是一百天。

　　昔時筆禍同蒙難，菜廠幽居亦可憐。
　　算到今年逢百日，寒泉一盞薦君前。

　　這是我所作的打油詩，九月中只寫了兩首，所以在追悼會上不曾用，今見半農此文，便拿來題在後面。所云菜廠在北河沿之東，是土肥原的舊居，居停主人即土肥原的後任某少佐也，秋天在東京本想去訪問一下，告訴他半農的消息，後來聽說他在長崎，沒有能見到。

　　還有一首打油詩，是擬近來很時髦的瀏陽體的，結果自然是仍舊擬不像，其辭曰：

　　漫雲一死恩仇泯，海上微聞有笑聲。
　　空向刀山長作揖，阿旁牛首太猙獰。

　　半農從前寫過一篇〈作揖主義〉，反招了許多人的咒罵。我看他實在並不想侵犯別人。但是人家總喜歡罵他，彷彿在他死後還有人罵。本來罵人沒有什麼要緊，何況又是死人，無論罵人或頌揚人，裡面所表示出來的反正都是自己。我們為了交誼的關係，有時感到不平，實在是一種舊的慣性，倒還是看了自

己反省要緊。

　　譬如我現在來寫紀念半農的文章，固然並不想罵他，就是空虛地說上好些好話，於半農了無損益，只是自己出乖露醜。所以我今日只能說這些閒話，說的還是自己，至多是與半農的關係罷了，至於目的雖然仍是紀念半農。半農是我的老朋友之一，我很悼惜他的死。在有些不會趕時髦結識新相好的人，老朋友的喪失實在是最可悼惜的事。

　　　　民國二十三年十一月三十日，於北平苦茶庵記

第三部分　日常的悲劇，平凡的偉大

第四部分
自知不是容易事，
但也還想努力

談儒家

中國儒教徒把佛老並稱曰二氏，排斥為異端，這是很可笑的。據我看來，道儒法三家原只是一氣化三清，是一個人的可能的三樣態度，略有消極積極之分，卻不是絕對對立的門戶，至少在中間的儒家對於左右兩家總不能那麼歧視。我們且不拉扯書本子上的證據，說什麼孔子問禮於老聃，或是荀卿出於孔門等等，現在只用我們自己來做譬喻，就可以明白。

假如我們不負治國的責任，對於國事也非全不關心，那麼這時的態度容易是儒家的，發些合理的半高調，雖然大抵不違背理人情，卻是難以實行，至多也是律己有餘而治人不足，我看一部《論語》便是如此，他是哲人的語錄，可以做我們個人持己待人的指標，但絕不是什麼政治哲學。略為消極一點，覺得國事無可為，人生多憂患，便退一步願以不才得終天年，入於道家，如《論語》所記的隱逸是也。又或積極起來，挺身出來辦事，那麼那一套書房裡的高尚的中庸理論也須得放下，要求有實效一定非嚴格的法治不可，那就入於法家了。《論語·為政第二》云：

子曰，道之以政，齊之以刑，民免而無恥。道之以德，齊之以禮，有恥且格。

　　後者是儒家的理想，前者是法家的辦法，孔子說得顯有高下，但是到得實行起來還只有前面這一個法子，如歷史上所見，就只差沒有法家的那麼真正嚴格的精神，所以成績也就很差了。據《史記》四十九〈孔子世家〉云：

　　定公十四年，孔子年五十六，由大司寇行攝相事。於是誅魯大夫亂政者少正卯。

　　那麼他老人家自己也要行使法家手段了，本來管理行政司法與教書時候不相同，手段自然亦不能相同也。還有好玩的是他別一方面與那些隱逸們的關係。我曾說過，中國的隱逸大都是政治的，與外國的是宗教的迥異。他們有一肚子理想，但看得社會渾濁無可施為，便只安分去做個農工，不再來多管，見了那知其不可而為之的人，卻是所謂惺惺惜惺惺，好漢惜好漢，想了方法要留住他，看晨門接輿等六人的言動雖然冷熱不同，全都是好意，毫沒有歧視的意味，孔子的應付也是如此，都是頗有意思的事。如接輿歌云：「往者不可諫，來者猶可追。」正是朋友極有情意的勸告之詞，孔子下，欲與之言，與對於桓魋的蔑視，對於陽貨的敷衍，態度全不相同，正是好例。

　　因此我想儒法道三家本是一起的，那麼妄分門戶實在是不必要，從前儒教徒那樣的說無非想要統制思想，定於一尊，到

了現在我想大家應該都不再相信了罷。至於佛教，那是宗教，與上述中國思想稍有距離，若論方向則其積極實尚在法家之上，蓋宗教與社會主義同樣的對於生活有一絕大的要求，不過理想的樂國一個是在天上，一個即在地上，略為不同而已。宗教與主義的信徒的勇猛精進是大可佩服的事，豈普通儒教徒所能及其萬一，儒本非宗教，其此思想者正當應稱儒家，今呼為儒教徒者，乃謂未必有儒家思想而掛此招牌之吃教者流也。

《苦茶隨筆》小引

《困學紀聞》卷十八評詩有一節云：

忍過事堪喜，杜牧之〈遣興〉詩也，呂居仁《官箴》引此誤以為少陵。

翁注引《官箴》原文云：

忍之一字，眾妙之門，當官處事，尤是先務，若能於清謹勤之外更行一忍，何事不辦。《書》曰，必有忍其乃有濟。此處事之本也。諺曰，忍事敵災星。少陵詩曰，忍過事堪喜。此皆切於事理，非空言也。王沂公常言，吃得三斗釅醋方做得宰相，蓋言忍受得事。

中國對於忍的說法似有儒釋道三派，而以釋家所說為最佳。《翻譯名義集》卷七〈辨六度法篇〉第四十四云：

羼提，此云安忍。《法界次第》云，秦言忍辱，內心能安忍外所辱境，故名忍辱。忍辱有二種，一者生忍，二者法忍。云何名生忍？生忍有二種，一於恭敬供養中能忍不著，則不生憍逸，二於瞋罵打害中能忍，則不生瞋恨怨惱。是為生忍。云何名法忍？法忍有二種，一者非心法，謂寒熱風雨飢渴老病死等，二者心法，謂瞋恚憂愁疑淫慾憍慢諸邪見等。菩薩於此二法能忍不動，是名法忍。

181

《諸經要集》卷十下，六度部第十八之三，〈忍辱篇〉述意緣第一云：

蓋聞忍之為德最是尊上，持戒苦行所不能及，是以羼提比丘被刑殘而不恨，忍辱仙主受割截而無瞋。且慈悲之道救拔為先，菩薩之懷愍惻為用，常應遍遊地獄，代其受苦，廣度眾生，施以安樂，豈容微有觸惱，大生瞋恨，乃至角眼相看，惡聲屬色，遂加杖木，結恨成怨。

這位沙門道世的話比較地說得不完備，但是辭句鮮明，意氣發揚，也有一種特色。勸忍緣第二引《成實論》云：

惡口罵辱，小人不堪，如石雨鳥。惡口罵詈，大人堪受，如華雨象。

二語大有六朝風趣，自然又高出一頭地了。中國儒家的說法當然以孔孟為宗，《論語》上的「小不忍則亂大謀」似乎可以作為代表，他們大概並不以忍辱本身為有價值，不過為要達到某一目的姑以此作為手段罷了。最顯著的例子是越王勾踐，其次是韓信，再其次是張公藝，他為的要勉強糊住那九世同居的局面，所以只好寫一百個忍字，去貼上一張大水膏藥了。

道家的祖師原是莊老，要挑簡單的話來概括一下，我想《陰符經》的「安莫安於忍辱」這一句倒是還適當的吧。他的使徒可以推舉唐朝婁師德、婁中堂出來做領班。其目的本在苟全

性命於亂世，忍辱也只是手段，但與有大謀的相比較就顯見得很有不同了。要說積極的好，那麼儒家的忍自然較為可取，不過凡事皆有流弊，這也不是例外，蓋一切鑽狗洞以求富貴者都可以說是這一派的末流也。

且不管儒釋道三家的優劣怎樣，我所覺得有趣味的是杜牧之他何以也感到忍過事堪喜？我們心目中的小杜彷彿是一位風流才子，是一個堂璜（Don Juan），該是無憂無慮地過了一世的吧。據《全唐詩話》卷四云：

牧不拘細行，故詩有十年一覺揚州夢，贏得青樓薄倖名。

又《唐才子傳》卷六云：

牧美容姿，好歌舞，風情頗張，不能自遏。時淮南稱繁盛，不減京華，且多名姬絕色，牧恣心賞，牛相收街吏報杜書記平安帖子至盈篋。

這樣子似乎很是闊氣了，雖然有時候也難免有不如意事，如傳聞的那首詩云：

自恨尋芳去較遲，不須惆悵怨芳時，如今風擺花狼藉，綠葉成蔭子滿枝。

但是，這次是失意，也還是風流，老實說，詩卻並不佳。他什麼時候又怎麼地忍過，而且還留下這樣的一句詩可以收入《官箴》裡去的呢？這個我不能知道，也不知道他的忍是那一家

183

派的。可是這句詩我卻以為是好的，也覺得很喜歡，去年還在日本片瀨地方花了二十錢，燒了一隻小花瓶，用藍筆題字曰：

　　忍過事堪喜。甲戌八月十日於江之島，書杜牧之句制此。

　　　　　　　　　　　　　　　　　　　　　　　知堂

瓶底畫一長方印，文曰：「苦茶庵自用品」。這個花瓶現在就擱在書房的南窗下。我為什麼愛這一句詩呢？人家的事情不能知道，自己的總該明白吧。自知不是容易事，但也還想努力。我不是尊奉它作格言，我是賞識它的境界。這有如吃苦茶。苦茶並不是好吃的，平常的茶小孩也要到十幾歲才肯喝，嘬一口釅茶覺得爽快，這是大人的可憐處。

　　人生的「苦甜」，如古希臘女詩人之稱戀愛，《詩》云：「誰謂茶苦，其甘如薺。」這句老話來得恰好。中國萬事真真是「古已有之」，此所以大有意思歟。

　　　　　　　　　中華民國二十四年八月十五日，
　　　　　　　　　　於北平苦竹齋，知堂記

貴族的與平民的

　　關於文藝上貴族的與平民的精神這個問題,已經有許多人討論過,大都以為平民的最好,貴族的是全壞的。我自己以前也是這樣想,現在卻覺得有點懷疑。變動而相連續的文藝,是否可以這樣截然的劃分;或者拿來代表一時代的趨勢,未嘗不可,但是可以這樣顯然的判出優劣嗎?我想這不免有點不妥,因為我們離開了實際的社會問題,只就文藝上說,貴族的與平民的精神,都是人的表現,不能指定誰是誰非,正如規律的普遍的古典精神與自由的特殊的傳奇精神,雖似相反而實並存,沒有消滅的時候。

　　人家說近代文學是平民的,十九世紀以前的文學是貴族的,雖然也是事實,但未免有點表面。在文藝不能維持生活的時代,固然只有那些貴族或中產階級才能去弄文學,但是推上去到了古代,卻見文藝的初期又是平民的了。我們看見史詩的歌詠神人英雄的事蹟,容易誤解以為「歌功頌德」,是貴族文學的濫觴,其實他正是平民的文學的真鼎呢。

　　所以拿了社會階級上的貴族與平民這兩個稱號,照著本義移用到文學上來,想劃分兩種階級的作品,當然是不可能的事。即使如我先前在〈平民的文學〉一篇文裡,用普遍與真摯兩個條件,去做區分平民的與貴族的文學的標準,也覺得不

185

很妥當。我覺得古代的貴族文學裡並不缺乏真摯的作品，而真摯的作品便自有普遍的可能性，不論思想與形式的如何。我現在的意見，以為在文藝上可以假定有貴族的與平民的這兩種精神，但只是對於人生的兩樣態度，是人類共通的，並不專屬於某一階級，雖然他的分布最初與經濟狀況有關，——這便是兩個名稱的來源。

平民的精神可以說是淑本好耳所說的求生意志，貴族的精神便是尼采所說的求勝意志了。前者是要求有限的平凡的存在，後者是要求無限的超越的發展；前者完全是入世的，後者卻幾乎有點出世的了。這些渺茫的話，我們倘引中國文學的例子，略略比較，就可以得到具體的釋解。中國漢晉六朝的詩歌，大家承認是貴族文學，元代的戲劇是平民文學。兩者的差異，不僅在於一是用古文所寫，一是用白話所寫，也不在於一是士大夫所作，一是無名的人所作，乃是在於兩者的人生觀的不同。我們倘以歷史的眼光看去，覺得這是國語文學發達的正軌，但是我們將這兩者比較的讀去，總覺得對於後者有一種漠然的不滿足。這當然是因個人的氣質而異，但我跟我的朋友疑古君談及，他也是這樣感想。

我們所不滿足的，是這一代裡平民文學的思想，太是現世利祿的了，沒有超越現代的精神；他們是認人生，只是太樂天了，就是對於現狀太滿意了。貴族階級在社會上憑藉了自己的

特殊權利，世間一切可能的幸福都得享受，更沒有什麼歆羨與留戀，因此引起一種超越的追求，在詩歌上的隱逸神仙的思想即是這樣精神的表現。至於平民，於人們應得的生活的悅樂還不能得到，他的理想自然是限於這可望而不可即的貴族生活，此外更沒有別的希冀，所以在文學上表現出來的是那些功名妻妾的團圓思想了。我並不想因此來判分那兩種精神的優劣，因為求生意志原是人性的，只是這一種意志不能包括人生的全體，卻也是自明的事實。

我不相信某一時代的某一傾向可以做文藝上永久的模範，但我相信真正的文學發達的時代必須多少含有貴族的精神。求生意志固然是生活的根據，但如沒有求勝意志叫人努力的去求「全而善美」的生活，則適應的生存容易是退化的而非進化的了。人們讚美文藝上的平民的精神，卻竭力的反對舊劇，其實舊劇正是平民文學的極峰，只因他的缺點太顯露了，所以遭大家的攻擊。

貴族的精神走進岐路，要變成威廉第二的態度，當然也應該注意。我想文藝當以平民的精神為基調，再加以貴族的洗禮，這才能夠造成真正的人的文學。倘若把社會上一時的階級爭鬥硬移到藝術上來，要實行勞農專政，他的結果一定與經濟政治上的相反，是一種退化的現象，舊劇就是他的一個影子。從文藝上說來，最好的事是平民的貴族化，——凡人的超人化，因為凡人如不想化為超人，便要化為末人了。

愛的創作

　　《愛的創作》是與謝野晶子感想集的第十一冊。與謝野夫人（她本姓鳳）曾作過好些小說和新詩，但最有名的還是她的短歌，在現代歌壇上仍占據著第一流的位置。十一卷的感想集，是十年來所做的文化批評的工作的成績，總計不下七八百篇，論及人生各方面，範圍也很廣大，但是都有精采，充滿著她自己所主張的「博大的愛與公明的理性」，此外還有一種思想及文章上的溫雅（Okuyukashisa），這三者合起來差不多可以表出她的感想文的特色。我們看日本今人的「雜感」類文章，覺得內田魯庵的議論最為中正，與她相仿，唯其文章雖然更為輕妙，溫雅的度卻似乎要減少一點了。

　　《愛的創作》凡七十一篇，都是近兩年內的著作。其中用作書名的一篇關於戀愛問題的論文，我覺得很有趣味，因為在這微妙的問題上她也能顯出獨立而高尚的判斷來。普通的青年都希望一勞永逸的不變的愛，著者卻以為愛原是移動的，愛人各須不斷的創作，時時刻刻共相推移，這才是養愛的正道。她說：

　　人的心在移動是常態，不移動是病理。幼少而不移動是為痴呆，成長而不移動則為老衰的徵候。

　　在花的趣味上，在飲食的嗜好上，在衣服的選擇上，從少年少女的時代起，一生不知要變化多少回。正是因為如此，人

的生活所以精神的和物質的都有進步。……世人的俗見常以為夫婦親子的情愛是不變動的。但是在花與衣服上會變化的心，怎麼會對於與自己更直接有關係的生活倒反不敏感地移動呢？

就我自己的經驗上說，這二十年間我們夫婦的愛情不知經過多大的變化來了。我們的愛，絕不是以最初的愛一貫繼續下去，始終沒有變動的，固定的靜的夫婦關係。我們不斷的努力，將新的生命吹進兩人的愛情裡去，破壞了重又建起，鍛鍊堅固，使他加深，使他醇化。……我們每日努力重新播種，每日建築起以前所無的新的愛之生活。

我們不願把昨日的愛就此靜止了，再把他塗飾起來，稱作永久不變的愛：我們並不依賴這樣的愛。我們常在祈望兩人的愛長是進化移動而無止息。

倘若不然，那戀愛只是心的化石，不能不感到睏倦與苦痛了罷。

我們曾把這意見告訴生田長江君，他很表同意，答說：「理想的夫婦是每日在互換愛的新證書的。」我卻想這樣的說，更適切的表出我們的實感，便是說夫婦是每日在為愛的創作的。

凱本德在《愛與死之戲劇》上引用愛倫凱（Ellen Key）的話說：「貞義決不能約束的，只可以每日重新地去贏得。」又說：「在古代所謂戀愛法庭上，武士氣質的人明白了解的這條真理，到了現今還必須力說，實在是可悲的事。戀愛法庭所說明的，戀愛與結婚不能相容的理由之一，便是說妻絕不能從丈

夫那邊得到情人所有的那種殷勤，因為在情人當作恩惠而承受者，丈夫便直取去視若自己的權利。」理想的結婚便是在夫婦間，實行情人們每日贏得互動的恩惠之辦法。

　　凱本德歸結的說：「要使戀愛年年儲存這周圍的浪漫的圓光，以及這侍奉的深情，便是每日自由給與的恩惠，這實在是一個大藝術。這是大而且難的，但是的確值得去做的藝術。」這個愛之術到了現代已成為切要的研究，許多學者都著手於此，所謂愛的創作就是從藝術見地的一個名稱罷了。

　　中國關於這方面的文章，我只見到張競生君的一篇〈愛情的定則〉。無論他的文句有怎樣不妥的地方，但我相信他所說的「凡要講真正完全愛情的人，不可不對於所歡的時時刻刻改善提高彼此相愛的條件。一可得了愛情上時時進化的快感，一可杜絕敵手的競爭」這一節話，總是十分確實的。但是道學家見了都著了忙，以為愛應該是永久不變的，所以這是有害於世道人心的邪說。

　　道學家本來多是「神經變質的」（Neurotic），他的特徵是自己覺得下劣脆弱；他們反對兩性的解放，便因為自知如沒有傳統的迫壓他必要放縱不能自制，如戀愛上有了自由競爭他必沒有徼倖的希望。他們所希冀的是異性一時不慎上了他的鉤，於是便可憑了永久不變的戀愛的神聖之名把她占有專利，更不怕再會逃脫。這好像是「出店不認貨」的店鋪，專賣次貨，生怕

買主後來看出破綻要來退還,所以立下這樣規則,強迫不慎的買主收納有破綻的次貨。

真正用愛者當如園丁,想培養出好花,先須用上相當的精力,這些道學家卻只是性的漁人罷了。大抵神經變質者最怕聽於自己不利的學說,如生存競爭之說很為中國人所反對,這便因為自己沒有生存力的緣故,並不是中國人真是酷愛和平;現在反對愛之移動說也正是同樣的理由。但是事實是最大的威嚇者,他們粉紅色的夢能夠繼續到幾時呢?

愛是給與,不是酬報。中國的結婚卻還是貿易,這其間真差得太遠了。

附記

近來閱藹理斯的《性的心理研究》(*Studies in the Psychology of Sex*) 第五卷色情的象徵,第六章中引法國泰耳特 (G. Tarde) 的論文〈病的戀愛〉,有這幾句話:「我們在和一個女人戀愛以前,要費許多時光;我們必須等候,看出哪些節目,使我們注意、喜悅,而且使我們因此掩過別的不快之點。不過在正則的戀愛上,那些節目很多而且常變。戀愛的真義無非是一種環繞著情人的航行,一種探險的航行而永遠得著新的發見。最誠實的愛人,不會兩天接續的同樣的愛著一個女人。」他的話雖似新奇,卻與〈愛的創作〉之說可以互相參證。編訂時追記。

論罵人

　　有一天，一個友人問我怕罵否。我答說，從前我罵人的時候，當然不能怕被人家回罵，到了現在不再罵人了，覺得罵更沒有什麼可怕了。友人說這上半是「瓦罐不離井上破」的道理，本是平常，下半的話有李卓吾的一則語錄似乎可作說明。這是李氏《焚書》附錄〈寒燈小話〉的第二段，其文如下：

　　是夜（案：第一段云九月十三夜）懷林侍次，見有貓兒伏在禪椅之下，林曰，這貓兒日間只拾得幾塊帶肉的骨頭吃了，便知痛他者是和尚，每每伏在和尚座下而不去。和尚嘆曰，人言最無義者是貓兒，今看養他顧他時，他即戀著不去，以此觀之，貓兒義矣。林曰，今之罵人者動以禽獸奴狗罵人，強盜罵人，罵人者以為至重，故受罵者亦自為至重，吁，誰知此豈罵人語也。夫世間稱有義者莫過於人，你看他威儀禮貌，出言吐氣，好不和美，憐人愛人之狀，好不切至，只是還有一件不如禽獸奴狗強盜之處。蓋世上做強盜者有二，或被官司逼迫，怨氣無伸，遂爾逃逃，或是盛有才力，不甘人下，倘有一個半個憐才者，使之得以效用，彼必殺身圖報，不宜忘恩矣。然則以強盜罵人，是不為罵人了，是反為讚嘆稱美其人了也。狗雖人奴，義性尤重，守護家主，逐亦不去，不與食吃，彼亦無嗔，自去吃屎，將就度日，所謂狗不厭家貧是也。今以奴狗罵人，又豈當乎？吾恐不是以狗罵人，反是以人罵狗了也。至於奴之一字，但為人使而不足以使人

者鹹謂之奴。世間曷嘗有使人之人哉？為君者漢唯有孝高孝文孝武孝宣耳，余盡奴也，則以奴名人，乃其本等名號，而反怒人，何也？和尚謂禽獸畜生強盜奴狗既不足以罵人，則當以何者罵人，乃為恰當。林遂引數十種，如蛇如虎之類，俱是罵人不得者，直商量至夜分，亦竟不得。乃嘆曰，嗚呼，好看者人也，好相處者人也，只是一副肚腸甚不可看不可處。林曰，果如此，則人真難形容哉。世謂人皮包倒狗骨頭，我謂狗皮包倒人骨頭，未審此罵何如？和尚曰，亦不足以罵人。遂去睡。

此文蓋係懷林所記，《堅瓠集》甲三云：

李卓吾侍者懷林甚穎慧，病中作詩數首，袁小修隨筆載其一絕云，哀告太陽光，且莫急如梭，我有禪未參，念佛尚不多，亦可念也。

所論罵人的話也很聰明，要是仔細一想，人將真有無話可罵之概，不過我的意思並不是完全一樣，無話可罵固然是一個理由，而罵之無用卻也是別一個理由。普通的罵除了極少數的揭發陰私以外都是咒詛，例如什麼殺千刀，烏焦火滅啦，什麼王八兔子啦，以及辱及宗親的所謂國罵，皆是。——有些人以為國罵是討便宜，其實不是，我看英國克洛來（E.Crawley）所著《性與野蠻之研究》中一篇文章，悟出我們的國罵不是第一人稱的直敘，而是第二人稱的命令，是叫他去犯亂倫的罪，好為天地所不容，神人所共嫉，所以王八雖然也是罵的材料之一，而那種國罵中決不涉及他的配偶，可以為證。

　　但是我自從不相信符咒以來，對於這一切詛罵也失了興趣，覺得只可作為研究的對象，不值得認真地去計較我罵他或他罵我。我用了耳朵眼睛看見聽見人家口頭或紙上費盡心血地相罵，好像是見了道士身穿八卦衣手執七星木劍劃破紙糊的酆都城，或是老太婆替失戀的女郎作法，拿了七支繡花針去刺草人的五官四體，常覺得有點忍俊不禁。我想天下一切事只有理與不理二法，不理便是不理，要理便乾脆地打過去。可惜我們禮義之邦另有兩句格言，叫做「君子動口，小人動手」，於是有所謂「口誅筆伐」的玩藝兒，這派的祖師大約是作《春秋》的孔仲尼先生，這位先生的有些言論我也還頗佩服，可是這一件事實在是不高明，至少在我看來總很缺少紳士態度了。

　　本來人類是有點兒誇大狂的，他從四條腿爬變成兩條腿走，從吱吱叫變成你好哇，又（不知道其間隔了幾千或萬年）把這你好哇一畫一畫地畫在土石竹木上面，實在是不容易，難怪覺得了不得，對於語言文字起了一種神祕之感，於是而有符咒，於是而有罵，或說或寫。然而這有什麼用呢，在我沒有信仰的人看來。出出氣，這也是或種解釋，不過在不見得否則要成鼓脹病的時候這個似乎也非必須。——天下事不能執一而論，凡事有如雅片，不吃的可以不吃，吃的便非吃不可，不然便要拖鼻淚打呵欠，那麼罵不罵也沒有多大關係，總之只「存乎其人」罷了。

女人罵街

閱《犢鼻山房小稿》，只有東遊筆記二卷，記光緒辛巳壬午間，從湖南至江蘇浙江遊居情況，不詳作者姓氏，文章卻頗可讀。下卷所記以浙東為主，初遊臺州，後遂暫居紹興一古寺中。十一月中有記事云：

戊申，與寺僧負暄樓頭。適鄰有農人婦曝菜籬落間，遺失數把，疑人竊取之，坐門外雞樓上罵移時，聽其抑揚頓挫，備極行文之妙。初開口如餓鷹叫雪，嘴尖吭長，而言重語狠，直欲一句罵倒。久之意懶神疲，念藝圃辛勤，顧物傷惜，嘖嘖呶呶，且詈且訴，若驚犬之吠風，忽斷復續。旋有小兒喚娘吃飯，婦推門而起，將入卻立，驀地忿上心來，頓足大罵，聲暴如雷，氣急如火，如金鼓之末音，促節加屬，欲奮袂而起舞。余駭然回視，截然已止，箸響碗鳴，門掩戶閉。僧曰，此婦當墮落。余曰，適讀白樂天〈琵琶行〉與蘇東坡〈赤壁賦〉終篇也。

這一節寫得很好玩，卻也很有意思。民間小戲裡記得有王婆罵雞一出，可見這種情形本是尋常，大家也都早已注意到了，不過這裡犢鼻山人特別提出來與古文辭並論，自有見識，但是我因此又想起女人過去的光榮，不禁感慨。我們且不去查人類學上的證據，也可以相信女人是從前有過好時光的，無論

這母權時代去今怎麼遼遠，她的統治才能至今還是潛存著，隨時顯露一點出來，替她做個見證。

如上文所說的潑婦罵街，是其一。本來在生物中母獸是特別厲害的，不過這只解釋得潑字，罵街的本領卻別有由來，我想這裡總可以見她們政治天才之百一吧。希臘市民從哲人研求辯學，市場公會乃能滔滔陳說，參與政事，亦不能如村婦之口占急就，而井然有序，自成節奏也。中國士大夫十載寒窗，專做賦得文章，討武驅鱷諸文胸中爛熟，故要寫劾奏訕謗之文，搖筆可成，若倉卒相罵，便易失措，大抵只能大罵混帳王八蛋，不是叫拿名片送縣，只好親自動手相打矣。兩相比較，去之天壤。

其次則婦女的輓歌，亦是一例。嘗讀法國美里美所作小說《科侖巴》，見其記科侖巴臨老彼得之喪，自作哀歌，歌以代哭，聞之足使懦夫有立志，至今尚不忘記。此不獨科耳西加島為然，即在中國凡婦女亦多如此，不過且哭且歌，只哭中有詞，不能成整篇的輓歌而已。以上所舉雖然似乎都是小事，但我想這就已夠證明婦女自有一種才力，為男子所不及，而此應付與組織則又正是政治本領之一也。

對婦女說母權時代的事，這不但是開天以前，簡直已是羲皇以上，桑田滄海變化久遠，遺跡留存，亦已微矣。偶閱陳廷燦在康熙初年所著《郵餘閒記》初集，卷上有關於婦女的幾節云：

人皆知婦女不可燒香看戲，余意並不宜探望親戚及喜事宴會，即久住娘家亦非美事，歸寧不可過三日，斯為得之。

居美婦人譬如蓄奇寶，苟非封藏甚密，守護甚嚴，未有不入穿窬之手。故凡女人，足不離內室，面不見內親，聲不使聞於外人，其或庶幾乎。

余見一老人，年八十餘，終身不娶。及問其故，曰，世無貞婦人，故不娶也。噫！激哉老人之言也，信哉老人之言也。——然不可為訓。世豈無貞婦人哉，顧貞者不易得耳。但能禦之以禮，閑之以潔，而導之節義，則不貞者亦不得不轉而為貞矣。

要證明近世男尊女卑的現象，只用最普通的《女兒經》的話也已足夠了，我這裡特別抄引蘭亭陳君的文章，不但因為正在閱看此書，順手可抄，實因其說得顯露無隱諱耳。這一段落，不知道若干千年，恐怕老是在連續著，不侫幸而不生為婦人身，想來亦不禁愕然，身受者未知如何，而其間苦樂交錯，似乎改變又非易易，再看世上各國也還沒有什麼好辦法，可知此種成就總當在黃河清以後吧。

明末有清都散客，即是趙忠毅公趙夢白南星，著有《笑贊》一卷七十二則，其第五十一則云：

郡人趙世傑半夜睡醒，語其妻曰，我夢中與他家婦女交會，不知婦女亦有此夢否？其妻曰，男子婦人有甚差別。世傑

遂將其妻打了一頓。至今留下俗語云，趙世傑夜半起來打差別。

　　贊曰，道學家守不妄語為良知，此人夫妻半夜論心，似非妄語，然在夫則可，在妻則不可，何也？此事若問李卓吾，定有奇解。

　　案：卓吾老子對於此事不曾有什麼表示，蓋因無人問他之故，甚為可惜，但他的意見在別的文章中亦可窺見一點，如《焚書》卷二〈答以女人學道為見短書〉中云：

　　故謂人有男女則可，謂見有男女豈可乎。

　　即此可知卓吾之意與趙世傑妻相同，以為男子婦人有甚差別也。此在卓吾說出意見或夢白提出疑問，固已難能可貴，但尚不能算很難，若趙世傑妻乃不可及，不佞涉獵雜書，殊未見第二人，武則天山陰公主猶不能比也。至於被打則是當然，卓吾亦正以是而被彈劾，夢白隱於笑話，幸而免耳。至趙世傑者乃是正統派，其學說流傳甚遠，上文所引《郵餘閒記》諸條，實即是打差別的註疏札記，可以窺豹一斑矣。

　　李卓吾以後中國有思想的人要算俞理初了。《癸巳存稿》卷四有一篇小文，題曰「女」，末云：

　　《莊子‧天道篇》云，堯告舜曰，吾不敖無告，不廢窮民，苦死者，嘉孺子而哀婦人，此吾所以用心也。……蓋持世之人未有不計及此者。

《癸巳類稿》卷十三〈節婦說〉中云：

古言終身不改，言身則男女同也。七事出妻，乃七改矣，
妻死再娶，乃八改矣。男子理義無涯涘，而深文以罔婦人，是
無恥之論也。

二者口氣不一樣，意思則與卓吾同。李越縵在日記中評之
曰：「語皆偏譎，似謝夫人所謂出於周姥者，一笑。」這一句開
玩笑的話，我覺得卻是最好的批評。蓋以周公而兼能了解周姥
的立場，豈非真是聖人乎？卓吾理初雖其學派迥不相同，但均
可以不朽矣。

二十六年七月十日，在北平記

論妒婦

俞正燮《癸巳類稿》卷十三有〈妒非女人惡德論〉，見識明達，其首節云：

> 妒在士君子為惡德，謂女人妒為惡德者非通論也。古見官文書者，宋明帝以湖熟令袁慆妻妒忌賜死，使近臣虞通之撰《妒婦記》。又以公主多妒，使人代江撰辭婚表，見《宋書·後妃傳》。有云，姆奶爭媚，相勸以嚴，妮媼競前，相諂以急。聲影才聞，少婢奔迸，裾袂向席，老醜叢來。

到底六朝人有風致，這些描寫都很妙，唐人所著《黑心符》專講怕老婆的，或者可以相比。我在這裡不禁想到世上所稱的妒婦之威實在只是懼內之一面，原來並不是兩件事情。明謝肇淛著《五雜俎》卷八有好些條都是論妒婦的，其一云：

> 妒婦相守，似是宿冤。世有勇足以馭三軍，而威不行於房闈，智足以周六合，而術不運於紅粉，俯首低眉，甘為之下，或含憤茹嘆，莫可誰何。此非人生之一大不幸哉。

謝氏的意思大約與魏元孝友彷彿，以為一夫多妻是天經地義，假如「舉朝既是無妾，天下殆皆一妻」，那就太不成話了，然而沒有辦法，其原因只是怕耳。平常既是怕了，到了這最有利害關係的問題上，一方面自然更是嚴急，一方面也就更弄不

好，又怕又霸，往往鬧得很糟。《五雜俎》又有一條云：

　　人有為妒婦解嘲者曰，士君子情慾無節，得一嚴婦約束之，亦動心忍性之一端也，故諺有曰，到老方知妒婦功。坐客不能難也。余笑謂之曰，君知人之愛六畜者乎？日則哺之，夜則防護柵欄，唯恐豺貍盜而啖之，此豈真愛其命哉，欲充己口腹耳，為畜者，但知人之愛己，而不知人之自為也。妒婦得無似之乎。眾乃大笑。

《妒非女人惡德論》中亦有類似的一節云：

　　《韓非子・內儲說六微》二云，衛人有夫妻禱者，而祝曰，使我無故，得百束布。其夫曰，何少也？對曰，益是，子將以買妾。《意林》、《典論》云，上洛都尉王琰，以功封侯，其妻泣於內，恐富貴更娶妻妾。《三國志・袁紹傳》注魚豢《典略》亦同。此其夫必素佻達者。

　　這兩則都寫得很幽默又很痛快，但比較起來，富買妾貴易妻的行為至少總是佻達，而合理的充口腹卻還是人情耳。俞正燮論定之曰，妒者婦人之常情，正是明言。但明遺民徐樹丕說得更妙，見所著《識小錄》卷一，題曰「戲柬客」，原文云：

　　有客與細君反目，戲柬貽之。——婦人不妒，百不得一，然而誠大難事。試作平等心論之，不妒婦人正與亡八對境。有一男子於此，惟薄微汙，相與詆喝斥辱，去之唯恐不遠。有一婦人於此，小星當戶，相與嘆羨稱揚，不啻奇珍異瑞。豈思欲

惡愛憎，男女未嘗不同，何至寬嚴相反若是，恐周姥設律定不爾爾也。——投筆為之大嚏。

活埋庵道人是三百年前人物，乃有此等見識，較俞氏尤為徹透，可謂難得矣，即如今智識界的權威輩亦豈能及，此輩蓋只能說說投機話耳，其佻達故無異於老祖宗也。

論洩氣

俞曲園先生《茶香室三鈔》卷六，論大小便及洩氣一條中，引明李日華《六硯齋三筆》云：

李赤肚禁人洩氣，遇腹中發動，用意堅忍，甚有十日半月不容走洩，久之則氣亦靜定，不妄動矣。此氣乃穀神所生，與我真氣相為聯屬，留之則真氣得其協佐而日壯，輕洩之，真氣亦將隨之而走。

後又加案語頗為幽默：

案《東山經》云，沘水多茈魚，食之不。即屁字。《玉篇》尸部，屁洩氣也，米部，失氣也，二字音近義同。然則如此魚者，殆亦延年之良藥耶？

中國的修道的人很像是極吝嗇的守財奴，什麼一點東西都不肯拿出去，至於可以拿進來的自然更是無所不要了。大抵野蠻人對於人身看得很是神祕，所以有吃人種種禮俗，取敵人的心肝腦髓做醒酒湯吃，就能把他的勇氣增加在自己的上面。後代的醫藥裡還保留著不少的遺跡，一方面有孝子的割股，一方面有方書上的天靈蓋紫河車，紅鉛秋石，人中白人中黃，至今大約還很有人愛用，只是下氣通這一件，因為無可把握，未曾被收入藥籠中，想起來未始不是一樁恨事。唯一的方法只有不

讓他放出去，留他在腹中協佐真氣，大有補劑的效力，這與修道的咽自己的吐沫似是同樣的手段，不過更是奇妙，卻也更為難能罷了。

在某種時地洩氣算是失儀。史夢蘭的《異號類編》卷七引《樂善錄》云：「邵篪以上殿洩氣，出知東平。邵高鼻圈鬈髮，王景亮目為洩氣師子。」記得孫中山先生說中國人的壞脾氣，也有兩句云：「隨意吐痰，自由放屁。」由此看來，在禮儀上這洩氣的確是一種過失，不必說在修道求仙上是一個大障礙了。但是，仔細一想，這種過失卻也情有可原，因為這實在是一種毛病。吐痰放屁，與嘔吐遺矢溺原是同樣的現象，不過後者多在倒醉或驚惶昏瞀中發現，而前者則在尋常清醒時，所以其一常被寬假為病態，其他卻被指斥為惡相了。

其實一個人整天到晚咯咯的吐痰，假如不真是十足好事去故意訓練成這一套本領，那麼其原因一定是實在有些痰，其為呼吸系統的毛病無疑，同樣的可以知道多洩氣者亦未必出於自願，只因消化系統稍有障礙，腹中發生這些氣體，必需求一出路耳。上邊所說的無論哪一項，失態固然都是失態，但論其原因可以說是由於衛生狀況之不良，而不知禮不知清潔還在其次。那麼歸根結柢神仙家言仍是不可厚非，洩氣不能成為仙人，也就不能成為健全國民，不健全即病也。病固可原諒，然而不能長生必矣。

中國人許多缺點的原因都是病。如懶惰、浮囂、狡猾、虛偽、投機，喜刺激麻醉，不負責任，都是因為虛弱之故，沒有力氣，神經衰弱，為善為惡均力不從心：故至於此，原不止放屁一事為然也。世有醫國手不知對於此事有何高見與良方，若敝人則對於醫方別無心得，亦並無何種弟子可以負責介紹耳。

三天

在廣告上見有一本學外文的捷訣，說三天內可以成功。

我心裡說道，這未免太少一點了。大抵要成就一件事，三天總還不夠，除了行幻術，如指石成金，開頃刻花之類。這些奇蹟據說可以在剎那中成就，但是要等候「回道人」下凡來的時候才行；這也不是三天之內可以等到的。

有一位民國的邊疆大員，以前在日本留學的時節，竭力勸人學佛。他說，就是你們學什麼德文法文，也都是白費工夫，只要學佛就好了，將來證果得了六神通，不論哪一國文字，自然一看便懂。但是事隔十五六年之後，我於去年冬天看見他還在北京坐著馬車跑，可見他也還未得到神通。（倘有了神通，他便可以用神足力，東湧西沒，或南湧北沒，當然不要馬車了。）於是他的用神通力學外國文的捷訣，也就沒有什麼把握了。

《覺悟》上面曾經登過，戴季陶先生的關於學日本文的談話（記得係引用在施存統先生的文中），他說用功三年，可以應用，要能自由讀書，總非五年不可。這實在是經驗所得的老實話，我願有志學外國文的人要相信他這話才好。在現今奇蹟已經絕跡的時代，若要做事，除了自力以外無可依賴，也沒有什

麼祕密真傳可以相信，只有堅、忍、勤、進這四個字便是一切的捷訣。至於三天四天這些話，只可以當作笑話說說罷了。

　　有人問我，你這樣說，豈不太令人掃興嗎？三天雖然不能速成，或者可以引起一點興趣，使他們願意繼續學下去，也是好的。你如今說破，他們未免畏難，容易退縮，豈不反有害嗎？我當初聽了也覺得有理，但仔細一想，卻又不然。那決心用三五年工夫去學習的人，聽了我的話當然不會灰心，或者反有點幫助。至於想在三天之內，學成一種外文，這件事反正是不可能的，與其以後失望，還不如及早通知他，使他可以利用這三天去做別的事，倒還有一些著落。

賣藥

　　我平常看報，本文看完後，必定還要將廣告檢查一遍。新的固然可以留心，那長登的也有研究的價值，因為長期的廣告都是做高利的生意的，他們的廣告術也就很是巧妙。譬如「儂貌何以美」的肥皂，「你愛吃紅蛋嗎？」的香菸，即其一例，這香菸廣告的寓意，我至今還未明白，但一樣的惹人注意。至於「寧可不買小老婆，不可不看《禮拜六》」這種著者頭上插草標的廣告，尤其可貴，只可惜不能常有罷了。

　　報紙上平均最多的還是賣藥的廣告。但是與平常廣告中沒有賣米賣布的一樣，這賣藥的廣告上也並不布告蘇打與金雞納霜多少錢一兩，卻盡是他們祖傳祕方的萬應藥。略舉一例，如治羊角風、半身不遂、顛狂的妙藥，注云：「此三症之病根發於肝膽者居多，最難醫治，」但是他有什麼靈丹，「治此三症奇效且能去根！」又如治瘰癧的藥，注云：「瘰癧症最惡用西法割之，愈割愈長。」我真不懂，西洋人為什麼這樣的笨，對於羊角風、半身不遂、顛狂三症不用一種藥去醫治，而且「瘰癧症最惡用西法割之」，中原的鴻臚寺早已知道，他們為什麼還是愈割愈長的去割之呢？

　　生計問題逼近前來，於是那背壺盧的螳螂們也不得不伸出

臂膊去抵抗，這正與上海的黑幕文人現在起而為最後之鬥一樣，實在也是情有可原，然而那一班為社會所害，沒有知識去尋求正當的藥物和書物的可憐的人們，都被他們害的半死，或者全死了。

我們讀喬叟（Chaucer）的《坎特伯里故事集》（*The Canter-bury Tales*），看見其中有一個「醫學博士」在古拙的木板畫上畫作一個人手裡擎著一個葫蘆，再看後邊的註疏，說他的醫法是按了得病的日子查考什麼星宿值日，斷病定藥。這種巫醫合一的情形，覺得和中國很像，但那是英國五百年前的事了。中國在五百年後，或者也可以變好多少，但我們覺得這年限太長，心想把他縮短一點，所以在此著急。而且此刻到底不是十四世紀了；那時大家都弄玄虛，可以鬼混過去，現在一切已經科學實證了，卻還閉著眼睛，講什麼金木水火土的醫病，還成什麼樣子？醫死了人的問題，姑且不說，便是這些連篇的鬼話，也夠難看了。

我們攻擊那些神農時代以前的知識的「國粹醫」，為人們的生命安全起見，是很必要的。但是我的朋友某君說：「你們的攻擊，實是大錯而特錯。在現今的中國，中醫是萬不可無的。你看有多少的遺老遺少和別種的非人生在中國；此輩一日不死，是中國一日之害。但謀殺是違反人道的，而且也謀不勝謀。幸喜他們都是相信國粹醫的，所以他們的一線宕機，全在

這班大夫們手裡。你們怎好去攻擊他們呢？」我想他的話雖然殘忍一點，然而也有多少道理，好在他們醫死醫活，是雙方的同意，怪不得我的朋友。這或者是那些賣藥和行醫的廣告現在可以存在的理由。

半春

中國人的頭腦不知是怎麼樣的，理性大缺，情趣全無，無論與他講什麼東西，不但不能了解，反而亂扯一陣，弄得一塌糊塗。關於涉及兩性的事尤其糟糕，中國多數的讀書人幾乎都是色情狂的，差不多看見女字便會眼角掛落，現出獸相，這正是講道學的自然的結果，沒有什麼奇怪。但因此有些事情，特別是藝術上的，在中國便弄不好了。

最明顯的是所謂模特兒問題。孫聯帥傳芳曾禁止美術學校裡看「不穿褲子的姑娘」，現在有些報屁股的操觚者也還在諷刺，不滿意於這種誨淫的惡化。維持風教自然是極不錯的，但是，據我看來，他們似乎把裸體畫與春畫，裸體與女根當作一件東西了，這未免使人驚異他們頭腦之太簡單。我常聽見中流人士稱裸體畫曰「半春」，也是一證，不過這種人似乎比較地有判斷力了，所以已有半與不半之分。

最近在天津的報上見到一篇文章，據作者說，描畫裸體中國古已有之，如《雜事祕辛》即是，與現代之畫蓋很相近。我的畫史的知識極是淺薄，但據我所知道卻不曾聽說有裸體畫而細寫女根的部分者。在印度的瑜尼崇拜者，以及那個相愛者，那是別一個問題，可以不論；就一般有教養的人說起來，女根

不會算作美，雖然也不必就以為醜，總之在美術上很少有這種的表現。率直地一句話，美術上所表現者是女性美之裸體而非女根，有魔術性之裝飾除外，如西洋通用的蹄鐵與前門外某銀樓之避火符。法國文人果爾蒙（Remy de Gourmont）在所著《戀愛的物理學》第六章雌雄異形之三中說：

> 女性美之優越乃是事實。若強欲加以說明，則在其唯一原因之線的勻整。尚有使女體覺得美的，乃是生殖器不見這一件事。蓋生殖器之為物，用時固多，不用時則成為重累，也是瑕疵；具備此物之故，原非為個人，乃為種族也。試觀人類的男子，與動物不同而直立，故不甚適宜，與人扭打的時候，容易為敵人所覬覦。在觸目的地位，特有餘剩的東西，以致全身的輪廓美居中毀壞了。若在女子，則線的諧調比較男子實幾何學的更為完全也。

照這樣說來，藝術上裸女之所以為美者，一固由於異性之牽引，二則因線之勻整，三又特別因為生殖器不顯露的緣故。中國人看裸體畫乃與解剖書上之區域性圖等視，真可謂異於常人，目有 X 光也。報載清肅王女金芳麿患性狂，大家覺得很有趣味，群起而談，其實這也何足為奇，中國男子多數皆患著性狂，其程度雖不一，但同是「山魈風」（Satyriasis）的患者則無容多疑耳。

模胡

郝蘭皋《晒書堂詩鈔》卷下有七律一首，題曰：

余家居有模糊之名，年將及壯，志業未成，自嘲又復自勵。

詩不佳而題很有意思。其《筆錄》卷六中有模胡一則，第一節云：

余少小時族中各房奴僕猥多，後以主貧，漸放出戶，俾各營生，其遊手之徒，多充役隸，余年壯以還，放散略盡，顧主奴形跡，幾至不甚分明，然亦聽之而已。余與牟默人居址接近，每訪之須過縣署門，奴輩共人雜坐，值余過其前，初不欲起，乃作勉強之色，余每迂道避之，或望見縣門低頭趨過，率以為常，每向先大夫述之以為歡笑。吾邑濱都宮者丘長春先生故里也，正月十九是其誕辰，遊者雲集，余偕同人步往，未至宮半里許，見有策驢子來者是奴李某之子曰喜兒，父子充典史書役，邑人所指名也，相去數武外鞭驢甚駛，仰面徑過。時同遊李趙諸子問余適過去者不識耶？曰，識之。騎不下何耶？曰，吾雖識彼，但伊齒卑少更歷，容有不知也。後族中尊者聞之呼來詢詰，支吾而已。又有王某者亦奴子也，嘗被酒登門喧呼，置不問。由是家人被以模糊之名，余笑而領之。

清朝乾嘉經師中，郝蘭皋是我所喜歡的一個人，因為他有好幾種書都為我所愛讀，而其文章亦頗有風致，想見其為人，

與傅青主顏習齋別是一路，卻各有其可愛處。讀上文，對於他這模胡的一點感到一種親近。寒宗該不起奴婢，自不曾有被侮慢的事情，不能與他相比，而且我也並不想無端地來提倡模胡。模胡與精明相對，卻又與糊塗各別，大抵糊塗是不能精明，模胡是不為精明，一是不能挾泰山以超北海，一則不為長者折枝之類耳。模胡亦有兩種可不可，為己大可模胡，為人便極不該了，蓋一者模胡可以說是恕，二者不模胡是義也。傅青主著《霜紅龕集》中有一篇〈乾饊小賦〉，末云：

子弟遇我，亦云奇緣。人間細事，略不讁讋。還問老夫，亦復無言。悵悵任運，已四十年。

後有王晉榮案語云：

先生家訓云，世事精細殺，只成得好俗人，我家不要也。則信乎，賢父兄之樂，小傅有焉。

可見這位酒肉道人在家裡鄉里也是很模胡的，可是二十多年前他替山西督學袁繼咸奔走鳴冤，多麼熱烈，不像別位秀才們的躲躲閃閃，那麼他還是大事不模胡的了。普通的人大抵只能在人間細事上精明，上者注心力於生計，還可以成為一個好俗人，下者就很難說。目前文人多專和小同行計較，真正一點都不模胡，此輩雅人想傅公更是不要了吧？

《晒書堂文集》卷五有〈亡書失硯〉一篇云：

　　昔年余有《顏氏家訓》，係坊間俗本，不足愛惜，乃其上方空白紙頭余每檢閱隨加箋註，積百數十條，後為誰何攜去，至今思之不忘也。又有仿宋本《說文》，是旗人織造額公勒布捐資摹刊，極為精緻，舊時以余《山海經箋疏》易得之者，甚可喜也，近日尋檢不獲，度亦為他人攜去矣。司空圖詩，得劍乍如添健僕，亡書久似憶良朋，豈不信哉。居嘗每恨還書一痴，余所交遊竟絕少痴人，何耶。又有蕉葉白端硯一方，係仿宋式，不為空洞，多鴝鵒眼，雕為懸柱，高下相生，如鍾乳垂，頗可愛玩，是十年前膠西劉大木椽不遠千餘里攜來見贈，作匣盛之，置廳事案間，不知為誰攫去，後以移居啟視，唯匣存而已。不忘良友之遺，聊復記之。又余名字圖章二，係青田石，大木所鐫，或鬻於市，為牟若洲惇儒見告，遂取以還，而葉仲寅志詵曾於小市鬻得郝氏頓首銅印，作玉著文，篆法清勁，色澤古雅，葉精金石，云此蓋元時舊物，持以贈余，供書翰之用，亦可喜也。因念前所失物，意此銅印數十年後亦當有持以贈人，而復為誰所喜者矣。

　　這裡也可以見他模胡之一斑，而文章亦復可喜，措辭質樸，善能達意，隨便說來彷彿滿不在乎，卻很深切地顯出愛惜惆悵之情，此等文字正是不佞所想望而寫不出者也。在表面上雖似不同，我覺得這是《顏氏家訓》的一路筆調，何時能找得好些材料輯錄為一部，自娛亦以娛人耶。郝君著述為我所喜讀者尚多，須單獨詳說，茲不贅。

附記

　　模胡今俗語云麻糊，或寫作馬虎，我想這不必一定用動物名，還是寫麻糊二字，南北都可通行。（十一月四日）

| 情理 |

管先生叫我替《實報》寫點文章，我覺得不能不答應，實在卻很為難。這寫些什麼好呢？

老實說，我覺得無話可說。這裡有三種原因。一，有話未必可說。二，說了未必有效。三，何況未必有話。

這第三點最重要，因為這與前二者不同，是關於我自己的。我想對於自己的言與行我們應當同樣地負責任，假如明白這個道理而自己不能實行時便不該隨便說，從前有人住在華貴的溫泉旅館，而嚷著叫大眾衝上前去革命，為世人所嗤笑，至於自己尚未知道清楚而亂說，實在也是一樣地不應當。

現在社會上，忽然有讀經的空氣，繼續金剛時輪法會而湧起，這現象的好壞我暫且不談，只說讀九經或十三經，我的贊成的成分倒也可以有百分之十，因為現在至少有一經應該讀，這裡面至少也有一節應該熟讀。這就是《論語》的〈為政〉第二中的一節：

子曰：「由，誨汝知之乎，知之為知之，不知為不知，是知也。」

這一節話為政者固然應該熟讀，我們教書捏筆桿的也非熟讀不可，否則不免誤人子弟。我在小時候念過一點經史，後來

又看過一點子集，深感到這種重知的態度是中國最好的思想，也與蘇格拉底可以相比，是科學精神的泉源。

我覺得中國有頂好的事情，便是講情理，其極壞的地方便是不講情理。隨處皆是物理人情，只要人去細心考察，能知者即可漸進為賢人，不知者終為愚人，惡人。《禮記》云：「飲食男女，人之大欲存焉，死亡貧苦，人之大惡存焉。」《管子》云：「倉廩實而知禮節，衣食足而知榮辱。」這都是千古不變的名言，因為合情理。現在會考的規則，功課一二門不及格可補考二次，如仍不及格則以前考過及格的功課亦一律無效。這叫做不合理。全省一二門不及格學生限期到省會考，不考慮道路的遠近，經濟能力的及不及。這叫做不近人情。教育方面尚如此，其他可知。

這所說的似乎專批評別人，其實重要的還是藉此自己反省，我們現在雖不做官，說話也要謹慎，先要認清楚自己究竟知道與否，切不可那樣不講情理地亂說。說到這裡，對於自己的知識還沒有十分確信，所以仍不能寫出切實有主張的文章來，上面這些空話已經有幾百字，聊以塞責，就此住筆了。

附記

管翼賢先生來訪，命為《實報》寫「星期偶感」，在星期日報上發表，由五人輪流執筆，至十一月計得六篇，便集錄於此。

十一月廿六日記

辯解

　　我常看見人家口頭辯解，或寫成文章，心裡總很是懷疑，這恐怕未必有什麼益處吧。我們回想起從前讀過的古文，只有楊惲〈報孫會宗書〉、嵇康與山濤絕交書，文章實在寫得很好，都因此招到非命的死，乃是筆禍史的資料，卻記不起有一篇辯解文，能夠達到息事寧人的目的。在西洋古典文學裡倒有一兩篇名文，最有名的是柏拉圖（Plato）所著的〈蘇格拉底之辯解〉，可是他雖然說的明澈，結果還是失敗，以七十之高齡服毒人蔘（Koneion）了事。由是可知說理充足，下語高妙，後世愛賞是別一回事，其在當時不見得如此，如蘇格拉底說他自己以不知為不知，而其他智士悉以不知為知，故神示說他是大智，這話雖是千真萬真，但陪審的雅典人士聽了哪能不生氣，這樣便多投幾個貝殼到有罪的瓶裡去，正是很可能的事吧。

　　辯解在希臘羅馬稱為亞坡羅吉亞，大抵是把事情「說開」了之意，中國民間，多叫做冤單，表明受著冤屈。但是「兔在冪下不得走，益屈折也」的景象，平常人見了不會得同情，或者反覺可笑亦未可知，所以這種宣告也多歸無用。從前有名人說過，如在報紙上看見有聲冤啟事，無論這裡說得自己如何仁義，對手如何荒謬，都可以不必理他，就只確實的知道這人是敗了，已經無可挽救，嚷這一陣之後就會平靜下去了。

這個觀察已是無情，總還是旁觀者的立場，至多不過是別轉頭去，若是在當局者，問案的官對於被告本來是「總之是你的錯」的態度，聽了呼冤恐怕更要發惱，然則非徒無益而又有害矣。鄉下人抓到衙門裡去，打板子殆是難免的事，高呼青天大老爺冤枉，即使徽倖老爺不更加生氣，總還是丟下籤來喝打，結果是於打一場屁股之外，加添了一段叩頭乞恩，成為雙料的小丑戲，正是何苦來呢。古來懂得這個意思的人，據我所知道的有一個倪雲林。余澹心編《東山談苑》卷七有一則云：

倪元鎮為張士信所窘辱，絕口不言，或問之，元鎮曰，一說便俗。

兩年前我嘗記之曰：

余君記古人嘉言懿行，裒然成書八卷，以余觀之，總無出此一條之右者矣。嘗怪《世說新語》後所記，何以率多陳腐，或歪曲遠於情理，欲求如桓大司馬樹猶如此之語，難得一見。雲林居士此言，可謂甚有意思，特別如余君之所云，亂離之後，閉戶深思，當更有感興，如下一刀圭，豈止勝於吹竹彈絲而已哉。

此所謂俗，本來雖是與雅對立，在這裡的意思當稍有不同，略如吾鄉方言裡的「魘」字吧，或者近於江浙通行的「壽頭」，勉強用普通話來解說，恐怕只能說不懂事，不漂亮。

舉例來說，恰好記起《水滸傳》來，這在第七回林教頭刺

配滄州道那一段裡，說林沖在野豬林被兩個公人綁在樹上，薛霸拿起水火棍待要結果他的性命，林沖哀求時，董超道：「說什麼閒話，救你不得。」金聖嘆在閒話句下批曰：「臨死求救，謂之閒話，為之絕倒。」本來也虧得做書的寫出，評書的批出，閒話這一句真是絕世妙文，試想被害的向凶手乞命，在對面看來豈不是最可笑的費話，施耐庵蓋確是格物君子，故設想得到寫得出也。

林武師並不是俗人，如何做的不很漂亮，此無他，武師於此時尚有世情，遂致未能脫俗。古人云：死生亦大矣，豈不痛哉，戀愛何獨不然，因為戀愛死生都是大事，同時也便是閒話，所以對於「上下」我們亦無所用其不滿。大抵此等處想要說話而又不俗，只有看蘇格拉底的一個辦法，元來是為免死的辯解，而實在則唯有不逃死才能辯解得好，類推開去亦殊無異於大辟之唱《龍虎鬥》，細思之正復可不必矣。若倪雲林之所為，寧可吊打，不肯說閒話多出醜，斯乃青皮流氓「受路足」的派路，其強悍處不易及，但其意思甚有風致，亦頗可供人師法者也。

此外也有些事情，並沒有那麼重大，還不至於打小板子，解說一下似乎可以明白，這種辯解或者是可能的吧。然而，不然。事情或是排解得了，辯解總難說得好看。大凡要說明我的不錯，勢必先須說他的錯，不然也總要舉出些隱密的事來做材

料，這卻是不容易說得好，或是不大想說的，那麼即使辯解得有效，但是說了這些寒傖話，也就夠好笑，豈不是前門驅虎後門進了狼嗎？

　　有人覺得被誤解以至被損害侮辱都還不在乎，只不願說話得宥恕而不免於俗，這樣情形也往往有之，固然其難能可貴比不上雲林居士，但是此種心情我們也總可以體諒的。人說誤解不能免除，這話或者未免太近於消極，若說辯解不必，我想這不好算是沒有道理的話吧。

五月二十九日

宣傳

　　我向來有點不喜歡宣傳，這本不過是個人的習性，有如對於菸酒的一種好惡，沒有什麼大道理在內，但是說起來時卻亦自有其理由。宣傳一語是外來的新名詞，自從美國的「文學即宣傳」這句口號流入中國文藝市場以後，流行遂益廣遠，幾於已經無人不知了。據說原語係從拉丁文變化出來，原意只是種花木的扦插或接換罷了，後來用作傳道講，普羅巴甘大這字始於一六二二年，就是這樣用的，再由宗教而轉成政治的意味，大約就不是什麼難事。中國從前恐怕譯作傳教傳道之類吧，宣傳的新譯蓋來自日本，從漢文上說似是混合宣講傳道而成，也可以講得過去，在近時的新名詞中不得不說是較好的一類了。

　　其實對於傳道這名稱我倒不是沒有什麼好感的。我讀漢文《舊約全書》(*Old Testament*)，第一覺得喜歡的是那篇《傳道書》(*Ecclesiastes*)，《雅歌》(*Song of Songs*)實在還在其次。藹理斯《感想錄》(*Impressions and Comments*)第一卷中曾論及這兩篇文章，卻推重《傳道書》，說含有更深的智慧，又云：

　　這真是愁思之書，並非厭世的，乃是厭世與樂天之一種微妙的均衡，正是我們所應兼備的態度，在我們要去適宜地把握住人生全體的時候。古希伯來人的先世的凶悍已經消滅，部落的一神教的狂熱正已圓熟而成為寬廣的慈悲，他的對於經濟的

熱心那時尚未發生，在缺少這些希伯來特有的興味的時代，這世界在哲人看來似乎有點空了，是虛空之住所了。

這樣的傳道很有意思，我們看了還要佩服，豈有厭棄之理，可是真正可佩服的傳道者也只此一人，別的便自然都是別一路，說教集可以汗牛充棟，大抵沒有什麼可讀，我們以理學書作比，可知此不全出於教外的誹謗矣。至於宣講《聖諭廣訓》，向來不能出色，聽說吳稚暉四十年前曾在蘇州玩過這種把戲，想或是例外，但是吳公雖然口若懸河，也只宜於公園茶桌，隨意亂談，若戴上大帽，領了題目，去遵命發揮，難免蹶竭，別人更可不必說了。假若我的設想沒有錯，宣傳由宗教而轉入政治，其使用方法也正如名目所示，乃合傳教與宣講聖諭二者而成，鄙人雖愛讀《傳道書》，也覺得其間如有一條大埂，不容易踰越得過，自然也接受為難了。

我不喜歡宣傳的理由大約可以說有兩種，一是靠不住，一是說不好。不知怎的我總把宣傳與廣告拉在一起，覺得性質差不多相同，而商店的廣告我是平常不很信任的。商業的目的固然第一是在獲利，卻亦不少公平交易，貨真價實的店鋪，所以不能一概而議，可是很奇怪的是日用必需最為切要的有如米麵油鹽魚肉等店大都沒有廣告，在無報紙時代也還不貼招紙，因為有反正你少不了我這種自信，無須不必要的去嚷嚷，便是現今許多土膏店也是那麼恂恂無華的做，一面拿得出貨色來，一

面又非吃不可,這樣的互相依存,生意已有了十分光,語云:事實勝於雄辯,是也。

翻過來看,從前招紙貼到官廁所的矮牆上,現在廣告登滿報紙的,頂多是藥店,也並非生藥而乃是現成的丸散膏丹,我們也不好一定說醫屁股的藥比醫頭的不高尚,總之覺得這些藥都很可疑,至少難免有十分之九以上是江湖訣。不管是治什麼東西,宣傳的方法大抵差不多,積極方面如不說齋戒沐浴,也總是選擇吉日,虔誠配合,吃了立見奇效,自無庸說,消極則是近有無恥之徒,魚目混珠,結果是男盜女娼,破口大罵。

這種說法我想殊欠高明,恐難得人家的信用,然而廣告與宣傳卻老是那一副手段,或者因為沒有別的方法也未可知,或者信用的老實人著實不少,所以不惜工本的做下去,也是可能的事,雖然這在我看去多少有點近於奇蹟。至於說不好,即跟上文而來,差不多可以說是一件事,蓋事情如有虛假,話也就難說得圓滿,我們雖未學過包探術,唯讀書見事稍多,亦可一見便曉,猶朝奉之看珠貝,大抵不大會得失眼也。

本來自然界亦自有宣傳,即色香是已。動物且不談,只就植物來說。古人云:「桃李不言,下自成蹊。此何也?」桃花有桃花的色,李花有李花的香,莫說萬物之靈,便是文盲的蜂蝶也成群而至,此正是直接傳達,其效力遠勝於報上的求婚廣告,卻又並不需要分厘的費用。

　　或日，童二樹畫梅花，有凍蜂飛集紙上。因為同鄉關係，我不想反駁這故事，但是那蜂我想當即飛去了吧，在他立刻覺得這是上了當的時候。大約此蜂專憑眼學，所以有此失，殊不知在這些事情上鼻子更為可恃。說部中記瞎子能以鼻辨別人高下休咎，嗅一卷文有酸氣，知其為秀才，此術今惜已不傳，不然如用以相人與文，必大可憑信，較我們有眼人從文字上去辨香臭，更當事半而功倍矣。

七月三日

常識

　　輪到要寫文章的時候了，文章照例寫不出。這一個多月裡見聞了許多事情，本來似乎應該有話可說，何況僅僅只是幾百個字。可是不相干，不但仍舊寫不出文章，而且更加覺得沒有話說。

　　老實說，我覺得我們現在話已說得太多，文章也寫得太多了。我坐在北平家裡天天看報章雜誌，所看的並不很多，卻只看見天天都是話，話，話。回過頭來再看實際，又是一塌糊塗，無從說起。一個人在此刻如不是閉了眼睛塞住耳朵，以至昧了良心，再也不能張開口說出話來。我們高叫了多少年的取消不平等條約的口號，實際上有若何成績，連三十四年前的《辛丑條約》還條條存在。不知道那些專叫口號貼標語的先生哪裡去了，對於過去的事可以不必再多說，但是我想以後總該注重實行，不要再想以筆舌成事，因這與畫符唸咒相去不遠，究竟不能有什麼效用也。

　　古人云：「為治者不在多言，顧力行何如耳。」這原是很對的，但在有些以說話為職業的人，例如新聞記者，那怎麼辦呢？新聞而不說什麼話，豈不等於酒店裡沒有酒，當然是不成。據我外行人想來，反正現在評論是不行，報告又不可，就

是把北巖勛爵請來也是沒有辦法的，那麼何妨將錯就錯（還是將計就計呢），去給讀者做個談天朋友，假如酒樓的柱子上貼著莫談國事，或其他二十年前的紙條，那麼就談談天地萬物，以交換智識而連繫感情，不亦可乎。

我想，在言論不大自由的時代，不妨有幾種報紙以評論政治報告訊息為副課，去與平民為友，供給讀者以常識。說到這裡，圖窮而匕首見，題目出來，文章也就可以完了。不過在這裡要想說明一句，便是關於常識的解釋，我們無論對於讀者怎麼親切，在新聞上來傳授洋蠟燭的製造法，或是複利的計演算法，那總可不必罷。

所謂常識乃只是根據現代科學證明的普通知識，在中學的幾種學科裡原已略備，只須稍稍活用就是了。如中國從前相信華人心居中，夷人才偏左，西洋人從前相信男人要比女人少一支肋骨，現在都明白並不是這麼一回事。我們如依據了這種知識，實心實意地做切切實實的文章，給讀者去消遣也好，捧讀也好，這樣弄下去三年五年十年，必有一點成績可言。說這未必能救國，或者也是的，但是這比較用了三年五年的光陰，再去背誦許多新鮮古怪的抽象名詞總當好一點，至少我想也不至於會更壞一點吧。

責任

「天下興亡，匹夫有責。」這是讀書人常說的一句話，作為去從事政治活動的根據的，據說這是出於顧亭林。查《日知錄》卷十三有這樣的幾句云：「保國者，其君其臣肉食者謀之。保天下者，匹夫之賤與有責焉耳矣。」再查這一節的起首云：「有亡國，有亡天下。亡國與亡天下奚辨？曰：易姓改號，謂之亡國。仁義充塞，而至於率獸食人，人將相食，謂之亡天下。」顧亭林誰都知道是明朝遺老，是很有民族意識的，這裡所說的話顯然是在排滿清，表面上說些率獸食人的老話，後面卻引劉淵石勒的例子，可以知道他的意思。儲存一姓的尊榮乃是朝廷裡人們的事情，若守禮法重氣節，使國家勿為外族所乘，則是人人皆應有的責任。我想原義不過如此，那些讀書人的解法恐怕未免有點歪曲了吧。但是這責任重要的還是在平時，若單從死難著想毫無是處。倘若平生自欺欺人，多行不義，即使卜居柴市近旁，常往崖山踏勘，亦復何用。洪允祥先生的〈醉餘隨筆〉裡有一節說得好：

〈甲申殉難錄〉某公詩曰，愧無半策匡時難，只有一死報君恩。天醉曰，沒中用人死亦不濟事。然則怕死者是歟？天醉曰，要他勿怕死是要他拚命做事，不是要他一死便了事。

　　這是極精的格言，在此刻現在的中國正是對症服藥。《日知錄》所說，匹夫保天下的責任在於守禮法重氣節，本是一種很好的說法，現在覺得還太籠統一點，可以再加以說明。光是復古地搬出古時的德目來，把它當作符似地貼在門口，當作咒似地念在嘴裡，照例是不會有效驗的，自己不是巫祝而這樣地祈禱和平，結果仍舊是自欺欺人，不負責任。我們現在所需要的是實行，不是空言，是行動，不是議論。這裡沒有多少繁瑣的道理，一句話道，大家的責任就是大家要負責任。

　　我從前曾說過，要武人不談文，文人不談武，中國才會好起來，也原是這個意思，今且按下不表，單提我們捏筆桿寫文章的人，應該怎樣來負責任。這可以分作三點。一是自知。「知之為知之，不知為不知。」不知妄說，誤人子弟，該當何罪，雖無報應，豈不慚愧。二是盡心。文字無靈，言論多難，計較成績，難免灰心，但當盡其在我，鍥而不捨，歲計不足，以五年十年計之。三是言行相顧。中國不患思想界之缺權威，而患權威之行不顧言，高臥溫泉旅館者，指揮農工與陪姨太太者引導青年，同一可笑也。無此雅興與野心的人應該更樸實的做，自己所說的話當能實踐，自己所不能做的事可以不說，這樣地辦自然會使文章的虛華減少，看客掉頭而去，但同時亦使實質增多，不誤青年主顧耳。文人以外的人各有責任，茲不多贅，但請各人自己思量可也。

編後記

　　本書編輯過程中，由於作者生活所處年代，在標點、句式的用法上難免與現在的規範有所不同，為保持原著風貌，本版均未作改動。另外，各書中一些常用詞彙亦與現在的寫法不同，如「雅片」即為「鴉片」，「出板」即為「出版」，「希奇」即為「稀奇」，「啞吧」即為「啞巴」，「計畫」即為「計劃」，「供獻」即為「貢獻」，「發見」即為「發現」，「元來」即為「原來」，「澈底」即為「徹底」，「豫告」即為「預告」，「徼倖」即為「僥倖」，「模胡」即為「模糊」，等等。並且，在當時的語言環境中，「的」、「地」、「得」不分與「做」、「作」混用現象也是平常的。請讀者在閱讀過程中，根據文意加以辨別區分。

　　編書如掃落葉，難免有錯訛疏漏，盼指正。

電子書購買

爽讀 APP

國家圖書館出版品預行編目資料

都是可憐的人間：自知不是容易事，但也還想
努力 / 周作人 著 . -- 第一版 . -- 臺北市：崧燁文
化事業有限公司 , 2024.05
面；　公分
POD 版
ISBN 978-626-394-286-8(平裝)
855　　　113006105

都是可憐的人間：自知不是容易事，但也還想努力

臉書

作　　　者：周作人
發 行 人：黃振庭
出 版 者：崧燁文化事業有限公司
發 行 者：崧燁文化事業有限公司
E‑m a i l：sonbookservice@gmail.com
粉 絲 頁：https://www.facebook.com/sonbookss/
網　　　址：https://sonbook.net/
地　　　址：台北市中正區重慶南路一段六十一號八樓 815 室
Rm. 815, 8F., No.61, Sec. 1, Chongqing S. Rd., Zhongzheng Dist., Taipei City 100,
Taiwan
電　　　話：(02) 2370-3310　　傳　　真：(02) 2388-1990
印　　　刷：京峯數位服務有限公司
律師顧問：廣華律師事務所 張珮琦律師

定　　　價：320 元
發行日期：2024 年 05 月第一版
◎本書以 POD 印製
Design Assets from Freepik.com